路　痕

胡弟章　著

中国华侨出版社

·北京·

图书在版编目（CIP）数据

路痕/胡弟章著. --北京:中国华侨出版社,
2020.7

ISBN 978-7-5113-8228-3

Ⅰ.①路… Ⅱ.①胡… Ⅲ.①随笔－作品集－中国－
当代Ⅳ.①I267.1

中国版本图书馆 CIP 数据核字(2020)第 108872 号

路 痕

著　者／	胡弟章
责任编辑／	黄　威
封面设计／	姜宣彪
经　销／	新华书店
开　本／	880 毫米×1230 毫米　　1/32　　印张/4　　字数/75 千字
印　刷／	北京军迪印刷有限责任公司
版　次／	2020 年 7 月第 1 版　　2020 年 7 月第 1 次印刷
书　号／	ISBN 978-7-5113-8228-3
定　价／	28.00 元

中国华侨出版社　北京市朝阳区西坝河东里 77 号楼底商 5 号　邮编:100028
法律顾问:陈鹰律师事务所
发 行 部：(010) 64443051　　传　真：(010) 64439708
网　址: www.oveaschin.com　　E-mail: oveaschin@sina.com

如发现印装质量问题，影响阅读，请与印刷厂联系调换。

序一

爱党爱国，初心不改

王礼平

捧读那叠厚厚的《路痕》手稿，我沉静多年的心，瞬间被那些激情飞扬的文字和笔下战火中的边关皓月，拽回到了40多年前那火热的军营生活。一个个精神饱满、朝气蓬勃的热血青年手握钢枪在祖国的边疆、海防线上，为祖国领土、领海的安全，为祖国主权的尊严，无怨无悔地奉献着青春和热血。在他们身上体现出的"一人辛苦万人甜，一家不圆万家圆"的崇高心境和万丈豪情，怎不令人尊崇、赞赏！

与《路痕》的作者相识，是在一次中国农业银行总行关于期刊改革的座谈会上，他对农行期刊的现状及其改革的意见和建议与众不同，言语间表现出的对农行事业的热爱和敬业，给我留下了深刻印象。

在部队，我与他虽然一个在山上、一个在海里，军营生活的环境不同、军队训练的方式不同、守卫祖国的岗位不同，但都在国防战线，目标都是国家安全。爱党爱国的初心是一致的。

他踏进军营，不是和平时期追逐那身耀眼的戎装，甚至

"鲤鱼跳'农门'"，而是战争期间的毅然选择，足见其爱党爱国之坚毅。

他走过的路，留下的痕，值得回眸。

为之作序，以期更多的来者习之、鉴之，为繁荣中华，强我国家，奉献爱国之情、强国之志！

作者系原《中国城乡金融报》社长

2019 年 2 月于北京

序二

那些激情燃烧的岁月

任雷波　　熊常青

《路痕》，虽不是长篇巨著，也谈不上是文学力作，但它所反映的数十年人生历程，正是时代进步、社会发展的缩影，也是祖国岁月静好、突飞猛进的颂歌。

从50多年前的童年趣事到如今年近花甲的所见所闻，所感所悟，真实、贴切地展现了祖国发展的累累硕果，人民生活水平不断提高的历程。从父亲的鼓动，到战争时期毅然参军参战，在敌情复杂的边防线上扛枪巡逻，舍生忘死地守边卡、卫国土，足见上下两代人的爱党爱国之心。从农行那些激情燃烧的岁月里兢兢业业、勤勤恳恳、任劳任怨的工作，到今天即将退出工作岗位仍奉献农行、宣传农行、讴歌农行，把一个铁血军人不变的本色，展现在我们面前，影响到周边人群。

他的人生之路，轨迹之痕，可圈可点。

从认识、了解到结下友谊，也是在那激情燃烧的岁月里。20世纪90年代后期，在黔南、黔东南"三讲教育活动"中，我们共同得到提升，实现了自我发展、自我超越。凭借当年的朝气和激情，常常不知疲倦地披星戴月进机关、下基层，我们成了生活中的朋友、工作上的伙伴。那些往事至今都难以忘怀。

《路痕》，再次勾起了我们对那些激情燃烧岁月的怀念。

任雷波：农行青海分行党委书记、行长
熊常青：农行贵州分行纪委书记、副行长

2019 年 10 月 10 日

目　录

童年趣事

团 鱼

都过去 40 余年了，捉团鱼这个荒唐的童年趣事仍是我们几个童年好友聚会时，面对满桌美味佳肴情不自禁谈论的热门话题。

那是 20 世纪 70 年代初期的事了，当时，全国各地都在热烈讨论"宁要社会主义的草，不要资本主义的苗"。本就百废待兴、积贫积弱的广袤大地，发展的步伐更加缓慢了。时年，按月定量供应的口粮对于我们成长期的儿童来说，有点杯水车薪之感。

那是一个月光明媚的夜晚，不知是哪位同学胡乱说了句：听说河里有团鱼呢。于是，我们几个便兴致勃勃地来到学校附近一条小河里，开始捉起了团鱼。不一会儿，一个同学高兴地呼喊道：摸到了，这里有。我们赶紧靠拢他，配合他摸了起来，好不容易捉到了一个碗口大小、有些光滑而呈椭圆形的东西，大家都兴奋极了，可定睛一看，哪是团鱼，就一块鹅卵石。丢掉，继续摸。于是，我们几双小手又在小水塘里的石缝间来回摸起来了，小手搅动的水波不断散发出微微的荡击声。大约半小时后，又有同学惊呼：快来帮帮我，手被团鱼咬住了。真捉到团鱼了？大家都更加兴奋，过去帮助

3

他解脱被"团鱼"咬住的手。慢慢地，我们齐心协力把那双手连同"团鱼"从水里捞出来，在月光的映照下，很快看清了根本不是团鱼，而是一只螃蟹，手是被螃蟹夹住的。

一阵兴奋过后，是继续还是回去休息，同学中产生了不同意见：有的已持怀疑态度，说这河里根本就不会有团鱼。有的说，既然人家说有肯定会有，哪有胡说的道理。相持一会儿后，兴许是饥饿和对美味的渴望，继续下去的意见占了上风。

此时，月光像一位慈祥的老人，在中天静静地看护着我们，也静静地取笑着我们。

大约又过了半个多小时，仍然一无所获，有的同学实在坚持不下去了，狠狠地说了句："要摸你们摸，我回去了。"大家看了看月光，这才极不情愿地结束了那次荒唐的行动。

其实，真的不会有团鱼。因为团鱼是栖息在底层为泥质的江河、湖泊、池塘、水库和山涧溪流等淡水水域中，尤其喜欢栖息在水流湍急而离岸不远的岩石洞内或溪河交汇处且底部有岩石的急流中，并以其他鱼类和水生动物为主要食源。当前的这条小河，山洪爆发时像"黄河咆哮"，山洪退去时像"战壕"，哪是团鱼的生长、栖息之地。

40多年了，那次荒唐的趣事伴随社会的进步、生产力的提高、物质的丰富、生活的改善以及科学技术日新月异的发展，越发觉得荒唐、可笑。如今，只要想吃，连集贸市场都可以不去，只需一个电话、一条微信，美团外卖、盒马鲜生等物流、配送公司就可送上门来，足不出户就能满足舌尖上的渴望。

每次相聚，谈笑起那次荒唐的趣事，大家都无不感慨、赞叹：这社会真好！到处都有好吃、好住、好玩的！每当此时，对于有过边防驻守经历的我来说，感慨就格外不同：如果没有千千万万铁血军人的牺牲与付出、没有科学工作者的潜心研究、没有生产劳动者的勤劳与奉献，哪有这和平安宁的国度、幸福甜蜜的生活？

　　　　　　发表于 2018 年《青年生活》（学术版）第 10 期

弹 弓

弹弓，这个童年最普通的玩具，因其制作简单，便于隐蔽、携带且乐趣无穷而广受欢迎。

20 世纪五六十年代，儿童玩具的制作全靠模仿电影或长辈、大龄哥们的传授。如木头手枪是受电影《小兵张嘎》的影响；弹弓、弓箭等，都是在叔叔哥哥们的指导下学会制作和玩法的。

弹弓是用一个按自己手握合适、需要的大小进行取舍，然后在丫字型的小树叉的两端捆绑两条韧性好、弹力强，约40 厘米长的橡皮条，再在橡皮条的终端连接一个鸟蛋大小的皮碗（通常用废弃的汽车轮胎或皮鞋剪裁）充作"弹夹"。"射击"时，在皮碗里包夹一颗小石子或小铁渣为弹丸，瞄准目标时一手握住"枪身"，一手捏住"弹夹"，以小丫的中心、目标、弹丸三点一线为瞄准要求。准备射击时双手要尽可能扩大张力，让橡皮的弹力发挥到最大化，以增强弹丸对目标的准确性。

在众多的儿童玩具和娱乐项目中，我最喜欢玩的是弹弓，从七八岁一直玩到十五六岁。

小时候，由于物质生活水平极其低下，家务事也相当多。

读书上课时不能玩，放学回家后要上山砍柴、放牛羊、割猪草。弹弓只能在此间隙偷着玩。为了兼顾贪玩与家务活间的矛盾，同时达到不断提高射击命中率的目的，多年来，我一直坚持了既不被大人发现遭至"黄金棍"的教育，又能满足娱乐的原则。常常将弹弓隐藏在荷包里、腰杆上，到外面偷偷与童年好友进行竞争性娱乐或自娱自乐。竞争性娱乐时，视人员多少而定，4人以上分组进行，3人以下一对一对决。射击目标经双方认定，或是电线杆、或是小树木以及其他的参照物等。规则也是临时商定，如距离、射击次数、目标的部位等。最后以射中目标的准确度和命中率决定胜负。久而久之，命中率得到了极大的提高。30米以内的电线杆、小树木几乎能百发百中。

一次，在放学回家的途中，发现一只斑鸠在一棵落尽了叶子的桐子树上栖息。我借着土坎、石山、植物的掩护，慢慢靠近那树，掏出弹弓，就近捡了一颗小石子包夹在"弹夹"里，双手使劲儿拉开橡皮条，由40厘米拉长到60厘米左右，直到拉不动为止，当枪"丫"的中心与那毫无警惕的斑鸠和我右手捏住的"弹丸"成三点一线时，突然放开右手，只见那瞬间飞出去的"弹丸"像精确制导的"导弹"一样，直接击中斑鸠的头部，致其当即坠落到树下。顿时，成就感带来的兴奋，使我立即飞奔到家，将"战利品"交给正在煮饭的母亲。母亲接过去，担心是被毒死的，问了句：哪来的？我用自信并带着骄傲的语气答道：用弹弓打的。

母亲像平时过年杀鸡一样，用开水烫其身，去其毛，掏出五脏弃之，再宰割成数块，先在锅里烹炒至呈金黄色，然后掺入大碗泉水，让其微火滚炖至骨肉分离。那香味在满屋飘散，好不迷人！吃饭时，全家都对我的成绩给予了夸奖，只有那当过国民党部队逃兵的父亲一言不发。我心想不好了，一直都没让他们知道玩弹弓的事，这下露馅了，肯定要接受"黄金棍"教育了。

出人意料，这件事之后一直风平浪静。直到我在家复习功课，准备迎接高考时，父亲才提起了弹弓的事。

那是1979年2月的一天，父亲特意把我叫到他身边，语言平静地说："你玩弹弓能打中斑鸠，如果用真枪可能会打死人呢。"我不明用意，没有回答，等待他继续往下说。"现在听说云南边境打仗了，要是这个时候去当兵打仗，弄不好还能打死几个敌人，混出点出路来呢。"对这突如其来的话题，我一点思想准备也没有，去还是不去未能明确回答。

那晚，激烈的思想斗争让我失眠了。

时年，父亲已年近花甲。旧社会，他曾被抓过壮丁，是从国民党部队里偷逃回家的。解放后担任过人民公社的生产队队长10余年，多少有点是非观念、政治头脑。我心想：你如此年龄还有爱国之心，我正热血当年岂无报国之情？于是，我顺利成为中越边境对越自卫反击战的补充兵之一。

受益于玩弹弓的经验，我在部队新兵集训时的第一次实弹射击就获得了9发弹丸81环的成绩，一下子引起了新兵连长的注意，并成为重点教授的对象。

我所在的部队是战后新组建的边防连队，由于有新兵连长的重点教授，加上吃苦耐劳、喜欢舞笔弄文，我很快成为连队的副班长、文书，入伍当年就光荣入党，是全团2000

余名新兵中唯一的。

看到我的成长进步，每次探家，父亲都要我与他一起去小小的村子上转一转。开始并不理解是为什么，后来在他对人热情的语言和不断绽放的笑容中，隐隐觉得是在炫耀他的养子之能、育子之功。

在部队的10余年间，父亲的年岁越来越大，可每次探家假满归队时他总是要为我送行，并反复用三个字嘱咐：好好干！

记得有一次，我探家归队时他远在10余公里的亲戚家喝喜酒，我心想，安心喝酒吧，别来送我了。可当我准备启程时，他还是特意赶来了，并在以前"三个字"的基础上多了一句话：弹弓保管好了。当时，他也快80高龄了，居然还如此鼓励我。瞬间，我的心仿若钱塘江的潮水，难以平静。联想起小时候母亲步行10余公里去卖李子、卖鸡蛋给我买背心，每次深夜起床为我煮饭送行的情景，心中无限的感慨油然而生：真是母爱在身，父爱在心啊！难怪那些对父亲、母亲的歌颂是那样的感人肺腑、动人心魄：下辈子，愿你们还当我的父亲、母亲！

发表于2018年《青年生活》（学术版）第12期

听 哭

小时候，特爱听哭。不管那哭声是悲痛欲绝、撕心裂肺，还是别情离绪、难舍难分。只要有哭声，便去凑热闹，听究竟。

印象最深的是我伯母去世那天，几个堂姐和堂嫂们在棺材前一声娘一声妈地哭得肝肠寸断、声哑泪干，其凄凄惨惨、死去活来的场面让人十分伤感。

那时候年幼无知，根本体味不到大人们那些生离死别的痛楚和生活的辛酸。后来，随着听哭次数的增多和年龄的增长，慢慢明白了哭声里那些亲人间的永别之痛和人世间的惆怅之苦。

记忆中的哭有两种。一是长辈逝去时的哭，名曰哭丧；二是女大出嫁时的哭，名曰哭嫁。

这些哭，并非是随意的哭，而是有规范的哭词、真挚的情感。比如哭丧有落气时候的哭、守夜时候的哭、出灵时候的哭，还有五更调、接亡十二个月、打井歌等等。落气时候的哭以诉说父母生病后的痛苦和儿女无能为力的无奈为主。从一月到十二月，以每个月的时节和作物生长的状况比喻父母生病离世前的病痛和儿女们心头的悲伤。如：正月种麻麻

10

不生，我娘得病脑壳昏；二月早菜不复种，我娘生病喊头痛；三月葛叶离葛藤，我娘得病很深沉……冬月里来雪飞山，丢儿丢女不心甘；腊月里来去一年，丢儿丢女好惨然。嫁出去的女儿哭法也有所不同：太阳出来泪汪汪，我娘得病在高堂；侄儿侄女来报信，手拿雨伞匆忙忙；走到当门抬头望，听见锣鼓响叮当……

哭嫁又名哭嫁歌。分为开声歌和劝唱歌。大意是叙述在家愉快生活的往事和今后生活的惆怅，劝唱则是以自己对生活的体验和感悟劝导女儿到婆家要做好的事项。如开声哭娘：鸡叫五更天要亮，冤家开声先叫娘，我娘抚我一十八，冤家要走把娘想。水有源来树有根，是谁抚我是我娘。天下只有我娘好，娘的恩情我不忘……娘则劝唱：一要推磨做豆腐，二要烧茶做好汤……九要夫妻同和好，十要孝敬爹和娘。哭嫁歌也是针对不同的对象有不同的哭词，哥嫂、姐妹、伯父、舅舅等，大都是诉说别情离绪、互诉衷肠、互相勉励。

古往今来，哭丧和哭嫁是祖祖辈辈的传承。为了哭得好，那些嫂嫂姐姐们一旦有亲戚或邻居家的白、红喜事都要前去听哭或陪哭，从中学习，练习哭法，掌握哭的技巧。

听哭，是50多年前的事了。那时，经济、科技落后，交通极为不便。长辈去世后，生前的音容笑貌只能在梦中重现。女儿出嫁后也是很少回来，难得见到一次。那时婚姻无自由可言，是通过媒人介绍，父母做主、包办，有的甚至指腹为婚。出嫁后新妇对新家庭里的生活充满陌生与忧虑感。

如今，经济发展了，科技发达了，交通便捷了，长辈们生前的一言一行、音容笑貌，女儿出嫁后可通过照片、手机视频随时重温。逝者也不在家里入棺、附近入土。专门的殡仪馆、专业的丧葬乐队，为逝者的葬礼细致而周到地"一条龙"服务，之后葬入固定的公墓、棺山。逝者的亲人们只需负责接待前来告别的亲朋好友即可。哭声自然也少了。婚嫁也是双方在长时间浪漫地谈情说爱后，不仅对双方的各种情况了如指掌，而且还共同规划了今后的生活远景，水到渠成地在金碧辉煌的酒店、宾馆，由专业的婚礼主持人主持，热情洋溢地进行的。哭嫁歌也随之消失。

其实，当年喜欢听哭，还有一个深藏心底的秘密：混一餐饱饭、沾一点油荤。

发表于 2019 年《青年生活》（学术版）第 3 期

牛　泪

在记忆里，曾两次看到我家那头老黄牛流过眼泪。一次像断了线的珍珠从眼角滚落出来，一次如同破了的水管流个不停。

牛，千百年来人类最勤奋、最无怨无悔的"生产工具"，岂有眼泪，通人性、知回报、有感情？

那是一头被骗过的公牛，叫黄牯。不仅体大如水牛，习性也相近。它既有黄牛的野性，又有水牛的温柔。野得不容它同类的身影进入其视线、声音穿进其耳膜，柔得可以在它背上看书写字，甚至能与小猪崽同住一舍且不抢食。

我记事时起，那牛就约有五六岁了，正是耕田犁土的茂盛年华。

牛是生产队的，属于集体所有，只是分配给我家喂养。我的祖祖辈辈都是务农为生的农人，懂得牛在农业生产中的地位与作用，因此，始终视其为宝贝予以精心喂养和呵护。

我刚上学读书时，便开始分担家务。上山放牛、割草是主要的家务活。每次出门，父母亲都再三叮嘱一定要到草多有水的地方，让它吃饱喝足。

有一天，我把牛放入收割后的苞谷地里，正当它吃得兴致勃勃时，忽然从对面山上传来了另一头黄牛的吼叫声，瞬时，它拔腿就往对面山上跑。只见它遇沟跨步飞越，遇坎猛往下跳，那阵势如同开足了马力的战车，锐不可当。临近目标时，还像战前磨刀似的将头在土坎上猛撞了几下，头上的角把树根都撞断挑了起来。见此凶猛势头，"挑战者"只好闻风而逃，但它并不善罢甘休，更加穷追猛打，直至看不见对方的身影，听不到声音，才慢慢停了下来。

之前，曾听大人们说黄牛的野性非常大，如果两头牛打架，人力是无法分开的，只能用火在它们的两个头中间烧才能解开。

如此强壮的牛，食量也非常大。春夏季节，青草较多，我们每天上山为其割草，让它吃得肚子像一面铜鼓。秋冬季节，只能以干谷草、玉米壳代替，有时难以满足它的胃口。

一次，我早上将其赶到山上，下午去砍柴，顺便赶其回家。途经许多人家的油菜地和麦苗地，母亲背着两岁左右的侄儿在前面牵绳引路，当经过一处邻居家的油菜地时，它被一片绿油油的油菜叶诱惑，突然扭头要去吃油菜。母亲被这突如其来的拉力影响，身子一斜，导致背上的小侄儿从背篓里摔出来。我和母亲都像骂人似的狠狠地骂了它一通：你这该死的，怎么这样贪吃，把孩子摔坏了怎么办？……

听到骂声，它站住不动了，两眼一直盯着地上的小侄儿。似乎在祈求小侄儿千万别有事。

还好，是在上坡处顺势摔落下来的，又是摔在土里，没有受到大的伤害。母亲将他抱起来仔细地看了看、拍了拍，确认没事后放入背上的背篓里。

正当准备继续往前走时，我忽然看见它的两个眼睛汪汪如水，泪水像珍珠般地一颗颗地往地下掉，过了好久才缓慢地迈开脚步。

回到牛舍，父亲为它添加干谷草，它一直没有正面面对父亲。我猜想它是知错了，要打要罚都认了。没想到父亲像教育子女一样：以后不要再贪吃了，更不要践踏别人的庄稼地，回来有你吃的……

那天，父亲特意添加了比平时多得多的干谷草，并翻来覆去地用嘴喷撒了盐水。

自那以后，再没有看见过它闯入别人的庄稼地，吃过别人家的苗苗豆豆。在山上不管是否吃得饱，都能在天黑前沿路返回。全生产队的人都啧啧称奇。平时，我在河边、荒山上放它时，就在它背上看书做作业。《为人民服务》《愚公移山》《纪念白求恩》等著作就是在它背上学习、记熟的。

我家圈舍紧张，常常猪牛混住，它不仅不吃猪食，而且与猪们和谐得像同类似的。冬天，天气寒冷，猪睡在它的脖子下面，它不仅不反感，还像母牛照顾幼牛一样，紧紧地和它们贴在一起。那和谐、温馨的场面至今仍不时在我梦里重现。

虽是黄牛，但它犁田、打糙、踩瓦泥都是好手，样样活都十分卖力，效率也高，别的牛要一天的时间，它半天就够了。我父亲也十分心疼它，每次跟它交流都像跟人说话一样：加把劲儿，犁完这一小块就休息一会儿。父亲从不失言，犁到预定目标就把它牵到田边地角，让它边休息边吃事先准备好的草料。

看到父亲用得得心应手，别的人遇到队里安排犁田犁土的活，都争先要用我家那头老黄牛。但他们不知其习性，仅作为工具使用，毫不顾忌强度，甚至急功近利地鞭抽棒打。殊不知，那牛的忍耐也有限度，起初是行动缓慢，得过且过，后来则用后蹄反击。

有一次，我家邻居用它去犁田，那人太狠，用鞭子把它的背部抽打出道道血痕，没想到它用后脚猛地一踢，正好踢到那人的膝关节，痛得他在家休养了一个多星期才好。后来，那人一有机会就更加变本加厉地虐待它，有一次，它用后腿反击时，不料踢到了路边的石头上，将后腿踢骨折了。当时兽医技术落后，无法进行手术治疗。

无奈，自那以后它不能从事任何农活了。不久，队里有的人看到它在我们精心喂养下，越来越膘肥体壮，就向队里提出：此牛既不能耕田犁土，又要队里贴上每天喂养它的劳动工分，不如杀了分给大家改善生活。

得此消息，我们全家都于心不忍，尤其是父亲，曾多次在队里的会上说：万物都有灵性，它无怨无悔地奉献了一切，理应善待它终身。但在那缺吃少穿的年月，又恰在青黄不接的季节里，父亲的据理力争没有收到任何效果。

宰杀那天，队里的几个壮劳力死牵硬推，几乎是把它架到宰杀地的。当它从圈舍里被强制拖出来的那一刻，我看到它的眼泪就像水管破了一样，一股股地往下流。

那天，我们家无一人在现场。

发表于 2019 年《青年生活》（学术版）第 4 期

军旅逸事

父　亲

伫立在那座坟墓前，我心潮澎湃，充满了无尽的思念与崇高的敬意。

长眠在那里的是我父亲，一个当年国民党部队的逃兵。

小时候，常常听他讲那次惊心动魄、死里逃生的经历。

那是解放前，老百姓还在"三座大山"的压迫下过着苦难的生活，国民党政府不得人心，没人愿意到部队服役。于是，他们就将青壮年强行抓去当兵。有一年，我父亲本来在一个山上的崖洞里躲藏了几天几夜，心想风声已过，便下山回家寻找食物充饥，不料还是被发现了，硬是被五花大绑抓到了国民党部队。后来，父亲千方百计从国民党的部队所在地——铜仁江口县偷偷逃离，一路上吃尽了千辛万苦，历经了生死劫难。为了安全回家，他白天既要躲避部队的追捕，又要乔装成当地百姓，用劳动换得一口饭吃，晚上再冒着生命危险趁黑赶路。贵州的路崎岖坎坷，处处有悬崖绝壁、河流险滩。铜仁江口离我家乡道真不过五六百公里的路程，可父亲整整走了3个多月才到家。整个逃离过程险象环生。

父亲十五六岁时就随当地的大人们当苦力做挑夫，经常往来于道真与重庆之间，人世间的是非黑白多少有些了解，他打心眼里痛恨国民党政府、痛恨万恶的旧社会。新中国成立后，他作为积极分子被选举为生产队队长，从1949年一直干到1959年，整整10年，他把对新中国的无限热爱化成无尽动力。

1979年，生在新社会、长在红旗下的我，已顺利完成高中学业，处于人生的十字路口。一天，平时很少关心我的父亲，突然把我叫到身边：今后有什么想法？我在补习文化，想考大学，圆我的大学梦。我随便回答了父亲的提问。

那年，是国家恢复高考的第二年，上大学是多少人日思夜想的梦。新中国要崛起，要腾飞，需要有千千万万的有识之士。

父亲一时没有说话，沉默了好久才开口：现在西南不安定，有战事，有志男儿应志在军营。

父亲的话让我感到突然，我从来没有想过当兵的事。

那晚，我失眠了。

在和平年代，当兵是多少人跳出农门的渠道。我虽然从来没有这些念头，但父亲的话让我有些彷徨。读书学习、掌握真才实学是报国之道，但保家卫国也同样如此。我心想，你都快年逾花甲了，不怕我战死疆场无敬孝之子，我又有何惧呢?于是，1979年3月，我走进了军营，来到了西南边疆的最前沿——云南河口县大南溪的边防连队，把青春献给了捍卫国家领土完整、保障边疆人民安宁的崇高事业。

我在部队的10余年间，父亲虽然年岁越来越大，但从没拖过我的后腿，就连在改革开放、农村实行生产责任制、家里严重缺乏劳动力的情况下，也只字未提让我离开部队回家的事。倒是"听领导话，服从组织安排"成为我每次探家离别时对我的嘱咐。记得有一次，我假满正要离家归队时，他从10多公里外的亲戚家翻山越岭，连夜赶回来给我送行，我还以为有事要说，可临别时还是那句"听领导话，好好干"，我只好点头应是。

我们部队所在地——云南河口，是对越自卫反击战的主战区，在那场战争中，有好多军中男儿为了祖国的领土完整，为了边疆人民的幸福生活，献出了年轻而宝贵的生命，永远长眠在那异地他乡。每当我路过那烈士陵园，看到那一座座的烈士墓时，联想起父亲那些朴素得不能再朴素、简单得不能再简单的嘱咐，心想：这可能就是他的爱国之心、爱子之举吧。

其实，作为一个普通农民、一个年逾花甲的老人，他何尝不希望自己的子女能够平安、健康地生活在自己的身边，让其敬孝养老，让自己安度晚年。但为了民族大义，为了祖国安宁，为了千千万万个渴望幸福和平的家庭，曾经当过国民党军队"逃兵"的父亲，做出了与他当年截然相反的举动，毅然支持我到部队去，到祖国最需要的边防线上去献青春、洒热血……

铁打的营盘流水的兵。1992年，我退出现役来到了农行这个大家庭，成为金融战线上的一名"新兵"。1995年，我终于有幸回报父亲的养育之恩。

那年，父亲正好80岁，我把他从道真乡下接到省城贵阳，体体面面地给他做了个八十寿酒。

父亲一生勤俭节约，为人诚恳低调，是当地德高望重的老人。初来贵阳，他仍然保持了抽土烟的习惯，但遭到了左邻右舍的反对，他便改吸香烟，不久，他觉得增添了我的经济负担，干脆把香烟也戒了。父亲有几十年的烟龄，突然戒烟，肌体难以适应，最终，他把他的一生定格在了86岁。

哔哔叭叭，哔哔叭叭……

一阵突如其来的鞭炮声打断了我起伏的思绪，寻声抬眼望去，那是不远处扫墓上坟的鞭炮声。再往前看，是一片正在建设中的被工业园区规划出来的居民安置新区。我心里默默地告诉父亲，这片新区曾经是你一生耕耘的田园，现在要变成一座座高楼大厦了，你不要觉得可惜，这都是历史发展的必然。

默默的言语间，我也点燃了手中的鞭炮，哔哔叭叭，哔哔叭叭……

离开父亲的墓地，越过潺潺的小溪，站在乡间公路上，回头望去，父亲的墓掩映在春意盎然间，山上雪白的梨花与山下金黄的油菜花组成了一幅壮丽的画卷——金海雪山。

我情不自禁地再一次在心中祈祷，并发出誓言：你安息吧!我永远不当社会主义建设队伍的逃兵!

发表于2013年《贵州城乡金融》第4期

故乡那几位仡佬人民的优秀儿子

我的故乡，曾经是一个边远、贫穷、落后的山乡。这片贫瘠而炽热的土地却孕育、培养出三位将军级人物：解放军总参谋部原军职教授，仡佬族国医名家王传贵；贵州省委原常委、省军区政委喻忠桂；贵州省军区原参谋长王武强。

认识、了解、受益于他们教育、影响，是 20 世纪 80 年代。他们在我脑海的印象是：廉洁自律、爱憎分明、勤学上进⋯⋯

记得是 1989 年 7 月的一天，省军区秘书处处长王传琥突然吩咐我购买一张贵阳至北京的硬卧车票。当我绞尽脑汁、费尽九牛二虎之力购得车票交给他时，才知道他和时任总参谋部师的王传贵是亲亲的两兄弟。王处长是奉总参谋部首长安排，到成都参加一个国际医学研讨会，经首长同意，绕道贵州看望其弟弟的。其实师职干部凭工作证可直接购买软卧车票，轻松且不用排队。但为了不超过成都至北京的软卧车票价格（与成都到贵阳再到北京的硬卧车票价正好差距不大），他哥哥执意要买硬卧车票。说这样在报销差旅费时好给财务部门解释。

后来，在一本《悟通经络医泽天下》的书中我知悉了他的经历。

1950年9月，刚刚迎来家乡解放的他年仅16岁，从老家道真徒步200余公里到革命圣地遵义参加了解放军，次年又加入中国人民志愿军入朝参战。把人生最宝贵的青春年华奉献给了保家卫国和朝鲜人民的解放事业。1953年回国后，他十分珍惜在朝鲜战场多次与死神擦肩而过、九死一生的经历，更加勤奋地学习中国传统医学，同时吸纳和借鉴西医的优秀成分，很快成为军内外的医学名家。他创立的中医保健按摩理论，被多家出版部门译成英国、俄国、意大利、西班牙等多国文字出版，不仅在国内，甚至在西方国家也有一定的知名度。美国医学界常常邀请他去讲解、传授中医保健理论与按摩技术。他利用经穴按摩医治病人，不分高低贵贱，都同样尽职尽责地为病人解除病痛、恢复健康。

功成名就的王传贵，不忘家乡人民的养育之恩，他用远涉重洋、到美国讲学的收入，无偿地支持家乡修建公路、建设希望小学……时年，《贵州日报》以"仡佬族人民的优秀儿子"为题对其予以了专题报道。

如今，年近90高龄的他，健康、快乐地在贵州贵阳安度晚年。

20世纪八九十年代，贵州的公路与四川的蜀道几乎一样惊险、难行。贵阳也常常连续数日阴雨绵绵。那时，正值国庆、中秋节之际，我有幸与刚到任的省委常委、省军区政委喻忠桂，一同前往老家道真。

小杨师傅小心翼翼驾驶着越野车在N字形的崎岖山路上行驶，时而缓慢越过泥潭，时而快速驰向山巅。当车辆行至息烽县路段时，发现一男一女沿公路一侧向我们相向而行，喻政委特意吩咐小杨师傅减速慢行，以免泥水溅到他们身上。不料，车子还未靠近，那男子就突然倒地不起，且面色苍白。那女的被这突如其来的情况吓得六神无主，连半句话也说不出来。政委见状后下车，只听他说了句：救人要紧。便吩咐小杨师傅立即将其送往附近的医院。

政委、我，还有一个政治部的打字员小江，我们三人冒着濛濛细雨在泥泞的公路上前行。大约步行了 5 公里路的时候，小杨师傅赶上来了。他说他听医师讲，如果晚 5 分钟他们就白忙了。

当政委打开车门，正跨步上车的瞬间，我清楚地看见他先前黝黑铮亮的将军皮鞋被泥水"装饰"得如同满是泥土的车轮。顿时，我的心灵被触动、震撼、洗涤。这种军民情感，绝非"桃花潭水"所能比喻、形容。这是真真切切、实实在在的深似海，重如山啊！

政委对不守军纪，肆意妄为的军中败类毫不手软，果断处置。维护了军队在人民群众中的良好形象。在干部选拔任用上，他坚持德才兼备，拒绝任人唯亲。数十年来，经他把关、选拔、任用的干部，未发现搞贪腐、走歧路、进牢房的军中腐败分子。

刚到省军区时，我就对时任办公室主任的王武强参谋长其人其事如雷贯耳。

他曾经是原昆明军区某首长的秘书。跟随首长期间，他被首长在战争年代边扫盲边打仗、边学习边提高的勤学上进精神侵染得淋漓尽致。

他是初中文化程度入伍的，开始当首长秘书时，只能做一些简单的服务性工作。后来通过不断地学习、思考、提高，没多久就能把首长的指示精神、战略构想、作战方案准确地呈现在纸上；把检查、调研以及自己的见闻、启发、建议清晰地呈现给首长。很快，首长放心地给予他进一步锻炼、成长的机会，下部队任职了。此后，他一步一个脚印地发展、进步。成为仡佬族人民的第三位将军级人物——贵州省军区参谋长。

20世纪70年代末80年代初，对越自卫还击作战结束后，部队建设进入了新的历史时期，向着敢打仗、能打仗、打胜仗的目标开展训练与建设。

时任办公室主任的王武强，着眼省军区新时期建设的需要，着力提升团以上军官的文化水平，多次与地方教育部门沟通协调，创新性地以部队现役军人参与地方成人高考的方式，让省军区数十位现役团以上军官踏进了贵州人民大学的校门。不仅圆了他们想都没敢想的大学梦，而且通过两年时间的在职学习，极大地提高了他们的文化水平，提升了军事行政工作能力。后来，参与那次成人高考的学员，有的在部队成长为师和军的领导，有的在地方上发展成为厅级干部。

勤于学习上进的他，退休后，并没一休百休。他把他一生的坎坷与成功、亲历与感悟，整理成自传体小说《知道自己是谁》，用自己一次次踏破坎坷的坚韧性格和不断勤学上进的求索精神影响着周边人和下一代。他潜心研究、豪情书写的"隶书体、篆刻字"与《书法字典》几乎无一不受到书法爱好者的赞赏。

三位将军，年代相近、品格相近、身材相近，没有出众的形象、魁伟的个头、惊人的壮举。但在故乡人民心中，他们已成为尊崇的偶像、做人的标杆、学习的楷模！

　　　　　　　　发表于 2018 年《知识—力量》第 7 期

一块豆腐乳的风波

一块豆腐乳能引起一场风波，现在看来是一件匪夷所思的事情，可在特殊的年代特殊的环境下，却真真切切地发生在我的身边。

那是 1979 年 5 月的一天，边境线上还不时传来零乱的枪弹声和地雷的爆炸声。战争的气息仍然笼罩在边疆人民的心里，影响着边疆人民的幸福生活。我们作为当年春季入伍的补充兵被补充到战后新组建的边防连队。由于新组建，没有现成的营地、营房，更没有食品等物资储备。食品需要到 10 多公里以外的蔬菜批发市场去采购。如遇山体塌方，公路中断，只能以军用罐头和豆腐乳代替蔬菜。连队营地几经转移，其间，劳动强度大，而且体力透支也大，如果连续数日没有蔬菜仅靠罐头和豆腐乳下饭，对于那些 20 岁左右的小伙子来说，怎能满足？

那天，我们搬迁到山坡上，好不容易在一片茂密的荆棘丛中开辟出空地，搭好帐篷，大家都已精疲力尽。开饭时，连罐头都没有了，只有每人一块豆腐乳，我们班个个都忍不住多要了一块。

我们班是当时连队的一班。通常情况下，一班是连队的尖刀班、排头兵，样样工作都要冲在前、干在先。我们班长是一个已婚入伍的老同志，他姓刘名叫刘德权，入伍前是某某区食品站的正式职工。这在当时是无数人羡慕不已的工作岗位。对他的入伍，我们很多人都不理解：不在安全舒适的家里照顾老人、抚育子女，来这边防连队冒生命危险不说，还吃苦受累。可他却认为，报效祖国，不分男女老幼，要是在平时，还不能参军入伍呢，现在显身手、立战功的时候到了。他平时就喜欢看兵书、玩枪弹，是三番五次地找到武装部的领导才得以应征入伍的。

我们多要的一块豆腐乳，被连队负责后勤工作的司务员看到了，他不仅当面谴责了我们的行为，而且还说要到连队领导那里去反映，要给予我们集体处分。一时间，一块豆腐乳的事，在全连战士中闹得沸沸扬扬，有的说，我们班太不像话，一点组织纪律性都没有；有的讲，我们班的人是来混饭吃的，不是当兵尽义务的；有的甚至谴责我们思想觉悟太低，简直像一根根朽木……

听到这些议论，刘班长心里五味杂陈，很是难受，我们更是毫无主张，不知如何是好。

下午，我们班的任务是搬迁连队统一装备的200余箱弹药。到下午，全连都按连领导安排各自完成任务去了，可刘班长却命令我们谁也不准去，就地在帐篷里休息。看到我们没去执行任务，有的人有意在我们帐篷周围大声说：真不像话，竟敢不服从命令。可刘班长异常镇定，他就是要连队领导认定一块豆腐乳到底算得上什么？

不一会儿，连队指导员真的来了，他先是关切地询问大家是不是生病了，身体不舒服。这时刘班长迅速地起床，并十分标准地向指导员行了个军礼。说道：指导员，我们不是身体有病，是心里不舒服。你来评评理，我们多吃了一块豆腐乳，有的说要处分，有的讲我们不是来尽义务的，有的甚至说还要执行战场纪律。我们都是自卫反击战打响后来到部队的，不是和平时期想跳出"农门"拿当兵作为跳板来的，从报名的那天起，我们就做好了随时为保卫祖国、保卫边疆献出生命的准备。一块豆腐乳与一条生命，孰轻孰重？

此时，只见指导员十分严肃、庄重，语气诚恳、温和地说：是啊，你们能在战争时期、在祖国最需要的时候加入部队，你们的思想觉悟令人敬佩，你们勇于为国献身的精神令人感动。多吃一块豆腐乳不是你们的错，而是我们的后勤保障工作没做好，我给你们道歉了。紧接着向我们深深地鞠了一躬。

见指导员这么一说一鞠，大家心里松了一口气，估计是不会被处分。

指导员继续讲道：但部队是有纪律的，安排的任务应该不折不扣地完成。

刘班长知道服从安排、听从命令是军人的天职。听到这，他喊一声：大家都起来，先完成任务去，指导员把话都说到这个程度并道歉了，还有什么想不通的。

于是，我们个个都生龙活虎般去搬运弹药了。一箱步枪弹丸，足有40多斤重，我们个个都一手拎一箱，就连年仅17岁的小廖都不甘示弱，跟大家一起冲来跑去。没多少时间，200多箱弹药就顺利住进了临时搭建的军械帐篷。连队其他

班看到我们很快完成了任务，个个都伸出大拇指：真是吃得
才做得呀！

......

发表于 2017 年《西江文艺》第 22 期

一对手工枕套的鱼水情

　　快 40 年了，那对连夜绣制的枕套令我热泪盈眶的情景，至今仍清晰地印刻在我的脑海里。

　　那是 20 世纪 80 年代初的事了，我当时由某军分区情报站调动到另一个情报小组，在一户当地居民家享受到了最高待遇。先是品尝了主人特意给我制作的竹筒饭、粽米粑（这两种食品都因制作程序复杂，食材要求品种多、质量高，只有过年过节或该家庭的盛大活动才有），后女主人又把她们连夜绣制的枕套赠送给我，说：叔叔、婶婶家没什么好送的，这枕套是昨晚连夜绣制的，留个纪念吧，无论走到哪里，看到它就会想起曾经有一个叔叔、婶婶！

　　我手捧着那对难以言表的浓情厚意，眼泪顿时像断了线的珠子直往下掉……

　　是啊，非亲非故，萍水相逢，是边防对敌斗争的需要才相知相识的，他们是把我这个普通的边防军人当作了自家的亲人了啊！怎能不令我终生难忘？！

　　我们的工作更离不开当地人民的支持与帮助了。他们有熟悉当地情况的优势，便于收集、了解当地情况，排查、询问可疑人员。在他们的大力支持和紧密配合下，我们收集、整理上报的当地情报每次都准确无误，多次受到军分区首长的肯定和表扬。记得有一次，我们新上任的组长未能及时与他们接洽，不巧在路上相遇，硬是被盘问两个多小时并得到我们确认后才罢了休。对此，组长也十分感动，当即指示热情招待老乡们，同饮一杯联谊酒……

自那以后，我们的军民关系就更融洽了。老百姓不仅对我们的情报工作予以极大的支持与配合，还针对当地没有农贸市场、购买生活副食品尤其是蔬菜不便的情况给予了多方面的关心和帮助，经常给我们送蔬菜，解决买菜难的问题，又时常邀请我们去家里作客，改善生活。

其实，融洽的军民关系是相辅相成的，老百姓也知道，我们远离家人，来到这边境线，保卫边境人民，不仅冒着生命危险，还要克服生活上的困难，很不容易，哪有不关心、不支持之理！当然，我们也尽可能地帮助他们做些力所能及的生产劳动。一次，我与指导员他们一家去山上砍柴，由于出了身大汗，不小心受凉了，先是感冒，后又发展成疟疾，直至到后方医院治疗了一个多月才康复返回工作岗位。对此，他们很是内疚，认为我远离家乡、父母，又才 20 来岁，缺乏生活经历，本应像长辈一样关心和爱护我，自责没有尽到责任。

30 多年后，我再次去到那个小镇，见到了指导员他们全家人，婶婶也 80 多岁高龄了。我仿佛又看到她当年关心、支持、爱护军人的动人情景，再一次感受到了浓浓的鱼水深情！

发表于 2017 年《西江文艺》第 23 期

两公里的边防夜路

走夜路，在人的一生中，实在平凡得不值一提。小时候，为看一场电影，常常在黑夜里翻山越岭、跨沟跃河。而那次两公里边防夜路却使我毛骨悚然，至今回忆起来仍热血涌动。

那晚，我从团部领得补充的军械装备——两支54式手枪后徒步返回连队，在离连队还有两公里的时候，天黑了。

边防线上，本就人烟稀少，白天还能偶尔见到一两个修建边防公路的民工，晚上除了一片漆黑就是死一般的沉寂。那些鸡鸭犬鸟、蝉虫蟋蟀也仿佛觉得边境线不安宁，早早地躲进了黑色的夜里。

随着夜色越来越浓，我的心绪也复杂起来。尽管一手一支手枪提在手里，俨然一副电影里双枪手的形象，但内心的紧张、恐惧仍不时袭上心头。

我一边在新修的低洼不平的公路上谨慎地稳步前行，一边设想着不同角度遭遇突发状况的应对措施，正前方、左前方、右前方都好办，手里的枪不是吃素的。怕就怕在后面措不及防。

此时，多想有一丝亮光或者有一点声响，可在这遥远的边防线，哪来光亮、声响，真是希望越大失落就越大。这死一般的寂静就像医院的太平间，死神就在身边。难怪，我离开家的那天，母亲怎么也忍不住留下眼泪，兴许预知了今天的情况而为此担忧和不安。

悔不该当初放弃补习文化报考大学的机会、享受平安幸福的生活，偏偏在战争时期参军来到这边防线，冒着战场牺牲的风险不说，还要为各种意外情况担惊受怕。越想越觉得没选择好自己的人生道路，听信了父亲的只言片语：什么新中国是共产党领导的解放军打败了国民党反动派建立的，才有了今天新社会人人平等的新生活，要感恩共产党、保卫新生活……越想越觉得生死算不上什么了，只要为祖国的需要而死，为边境人民的幸福生活而死，值！

走着走着，突然发现远处有一束微弱的电光在晃动。我一边迅速躲进路边的草丛占领有利地形，凭借夜色掩护，等待其靠近，一边猜想着敌人的数量，如何先发制人，全歼遭遇之敌。

平时觉得光阴似箭，此时感觉时光难熬，握枪的手都出了汗。渐渐地，光亮越来越近了，不时还有声音。

随着光亮的靠近，仿佛听见有人在呼叫我的名字。再细听，是的，是连队通讯员小周和三班蔡班长的声音：×××，连领导派我们接你来了，你在哪里呀……

此刻，高度警惕的心终于慢慢平静下来。在这里呢，蔡班长。我赶紧回答道。

怎么这么晚，连长、指导员都急得要命，几条路口都派了人来接你。饿坏了吧？蔡班长一边责怪我怎么不早些回来，一边用随身携带的便携式电话机向连领导报告，并吩咐炊事班赶紧煮一大碗鸡蛋面。

顿时，一股暖流涌遍我全身。

是啊，这样的官兵爱、战友情，怎不令我心潮澎湃，热血涌动！

……

发表于 2017 年《西江文艺》第 24 期

因电影名招致的谩骂

因电影名招致"谩骂"的情景，已经过去快 40 年了，至今仍挥之不去，抹之不掉。

20 世纪 70 年代末 80 年代初，有一部反映年轻人"读书充电"的生活喜剧片《今天我休息》，这部影片的片名使我招致一个同乡战友的谩骂，我有口难辩，千嘴难明。

那是 1980 年 3 月的一天，那天正好是连队的休息日，一个与我同时入伍的同乡战友，从前哨排到连部附近的小卖部购买生活用品途经连部时，询问我晚上有没有电影，我答：有，《今天我休息》。话音刚落，他那雨点般的谩骂就不分青红皂白地倾泻而来：有什么了不起，不就文化水平高一点、在连部优越一点、会放电影而已，傲气什么？还战友、同乡呢，你知不知道，没有我们在前面站岗放哨，你能安全生活、能安心放电影吗？……一时间，我被"骂"得词穷口钝，不知如何解释是好，只好任其发泄。

的确，前哨排是连队的前沿阵地，白天夜晚值班站岗，都要以百倍的警惕严密关注敌情。否则，不仅自身安全难保，还危及国家主权尊严、领土完整，愧对祖国人民的期望。

前哨排每三个月轮换一次，在前哨排期间，只能白天看蓝天白云，晚上瞧星星月亮。我那同乡战友是连队组建以来第一批担任前沿执勤任务的，又才离开家乡、亲人不久，生活的枯燥、复杂的敌情，让他难以适应。

其实，我并非不知道他们的艰苦，尽管我也是刚在团部学放电影回来，连领导派我去学习的时候就说：你高中学历，文化程度还可以，一定要好好学习，掌握过硬的放映技术，回来更好地服务连队，丰富连队的文化生活，提升官兵的文化知识水平。

要是在和平时期，我那同乡战友是不能应征入伍的，《征兵条例》规定，农村兵必须具备初中文化程度，可他只在学校读了一年半的初中就辍学回家了。因当时中学教育没有普及，我们县只有两所中学，他家离学校较远，单边路程都要5至6个小时，需要住校。那年代，国家还不富裕，尤其是农村，大部分家庭都还生活在贫困中，他家也不例外，如果继续学习，家里的经济负担只增不减，加上他是长子，可以帮助家里生产劳动，所以放弃了学习。对越自卫反击战打响后，为了保障前线的兵员需要，国家破例放宽了条件，征集了补充兵。武装部领导看到他身体健康，视力好、体力好，本人又强烈要求参军参战、保家卫国。于是，他和我一样，在中越边境浓浓的炮声中来到了边防线，成为一名敢于牺牲、乐于奉献的边防军人。

他虽然没有完成初中学历，但他通过丰富阅历、提高文化知识水平，达到初中甚至高中文化程度，可受制于当时的环境、条件，电影是唯一的渠道，他对电影的关注度比其他任何人都高。

那晚，当他看完《今天我休息》这部影片后，觉得很对不起我，特意到我的住处表示歉意，说：不该不问青红皂白地向我发脾气，不该伤害我们的战友情、同乡情。恳请我不要计较，否则，他内心难过……

之后不久，我离开了连队，再也没有见到过他，也没有听到他的消息，但我坚信：好人一生平安！

快40年了，每次战友聚会，都会禁不住想起那件事，不是因为当时的不愉快而怀恨在心，而是他那高度的爱国牺牲精神、渴望知识的上进心、勇于担当的责任意识、为人忠厚的诚恳态度。为此，我心灵深处对他产生了深深的敬意！

发表于 2017 年《西江文艺》第 24 期

一次难忘的晚餐

那次晚餐因浸透了他家祖孙三代数十年在异国他乡艰难生活的辛酸史和回归祖国的平安幸福感,我至今记忆犹新。

那是 1980 年 7 月的一天,在我们当时驻扎的地区,难民生活区的袅袅炊烟在夕阳余辉的映照下显得十分悠远、宁静。我们分区边境情报工作组一行三人突然被一个"难民"邀请去他家吃晚饭。

素不相识,无亲无故,缘何要请吃饭?我们都敏感地心生疑问。在相互推让之际,秦干事(当地武装部的同志)悄悄告诉我们,他也是贵州人,要认老乡。

这个生活区沿公路两侧而建,虽然都是以竹材为主材搭建的简易房,但布局合理,整齐而有序,一户一小栋,这是我国政府特意为战前被驱赶过来的华人华侨搭建的临时过渡房。

在他和秦干事的引领下,大家刚围坐在如麻将桌大小的四方桌前,女主人就把事先特意烹制好的菜肴恭恭敬敬地摆放在净如镜面的桌子上。菜肴虽然简单,看得出也是倾其所有了,一大钵云豆炖猪脚、一盘花生米和几个家常小菜。

据秦干事介绍,那男主人姓王,名叫王伟才,是贵州都匀人。

待坐定后，男主人便热情地招呼我们享用晚餐。他说他爷爷辈就背井离乡，在他国艰难生活。他爷爷少年时就随商人沿茶马古道经云南逐步到达越南。其实，当年他爷爷并不知道那是越南。他们一家以小农产品经营销售为生，谈不上富足却也能勉强度日。进入 20 世纪 70 年代末，越南政府开始处处为难华人华侨，尤其是 1977 年至 1978 年间，不仅强制性地取缔经营销售资格，还蓄意破坏房屋、居所，甚至暴力驱赶，迫使他们流离失所……

讲到这，他已几度出现语塞，眼里也滚动出悲愤的泪滴。我们只好安慰道：你们受苦了。现在好了，你们回到了祖国的怀抱，政府和人民没有忘记你们，把你们安置在这里，虽然暂时条件还不够好，甚至还有许多生活上的困难，但有我们边防军人在，至少你们不用为安全担忧了，相信通过政府的关怀和你们自身的辛勤努力，生活一定会越来越好！

是啊，我们已经有两代人没在自己的祖国生活、居住了，对于我们的家乡，更是没有记忆中的亲人，听秦干事说你们是贵州人，我们全家都特别激动，一定要请你们到家坐坐。

那天的晚餐，足足吃了 3 个多小时。临别时，他紧紧握着我们的手，久久不愿放开，嘴里不停地说：感谢祖国，感谢你们这些边防军人！

发表于 2017 年《读天下》第 19 期

生死雾中行

每次有线连战友相聚，一提起那次大雾中的经历，李老兵就感悟深切地说：真是一次惊心动魄的生死雾中行。

那是 1983 年 10 月的事了，我们有线连奉命架设有线通信线路，没想到大雾不仅影响了线路架设的施工进度，导致当年退伍的老兵在部队多"义务"了两个多月，而且还让大伙经历了一次生死考验。

那天，负责线路矫正、紧线、号杆最后几道工序的 10 余个战友，为了及时架通二普连队前哨点的通信线路，不顾天色已晚，硬是坚持架通后才收工回营。当蔡班长收起最后一个紧线机的时候，天色已经完全漆黑了。前哨点到我们回驻地的公路还有近两公里的山路。从山上下来，根本无法辨认脚下是不是路，只知道一股劲儿地往山下连滚带滑，当其中一个战友从公路边的土坎上摔到公路的边沟时，没有为身上的疼痛呻吟，而是大呼："到公路上了，到公路上了。"

是啊，在那么漆黑又大雾笼罩的夜晚从山上下来，屡次跌倒，起来，再跌倒，再起来，没有受到大的伤害，已经是不幸中的万幸了。

待 10 余个战友都到达公路后，我们结伴沿公路前行。刚走了不到 200 米，就遇到了前来接我们的公路道班的施工车辆。此时的雾已越来越大，连解放牌卡车的灯光也照不到 10 米远。

朱师傅在当地开车 10 多年从没见过这么大的雾。为安全起见，他建议我们派一个战友在前面步行为车辆引路。

这条公路是 1979 年突击抢修的边防公路，不仅低洼不平，而且还有多个险要地段。

车在朱师傅小心翼翼的驾驶下极其缓慢地向前行进。当行至小黑江河流段时，朱师傅再次建议车上的人都下车，全部步行。

朱师傅知道，这段路虽然距离不长，但极其险要，右边是悬崖绝壁，左边是万丈深渊，且有激流奔涌的小黑江。天黑、雾大，视线不好，朱师傅不得不为战友们的安全考虑。

战友们从车上下来，在小黑江咆哮的浪涛声与汽车轰鸣声的"交响乐"中谨慎地慢步前行。

快十一点了，我们仍然还在路上，这让一直随连队现场指挥的伍营长、连队吴连长、邓指导员心急如焚。虽然早就协调了公路道班的施工车辆在公路上等候，可哪知道车子根本无法正常行驶。说是乘车，其实是在后面跟车。不过 3 公里左右的路，整整行了 4 个多小时，直到晚上 12 点多才到达驻地。

朱师傅也不乏幽默地说：谢谢战友们配合我创造了世界上汽车行驶速度最慢的记录。

回到驻地，战友们已是疲惫、饥渴、惊悸集于一身了。

一直在路口等待我们归来的伍营长、吴连长、邓指导员远远地就迎上前来，一一握手问候：辛苦了！回来就好！

那一刻，我们个个都觉得危险与平安相遇，激动与感动交加，个别战友还忍不住流下了眼泪。

后来，那条通信线路在配合友邻部队的战斗中，发挥了极其重要的作用，及时、准确地下达了作战命令，有力地指挥我边防部队实施侧翼掩护作战，有效牵制了敌军注意力，保障了作战的胜利。

30 多年过去了，那次惊心动魄的"生死雾中行"已成为每次有线连战友聚会避不开的话题，更是我们军旅生涯中难以忘怀的一幕！

发表于 2017 年《读天下》第 19 期

张哥的幸福感

张哥说，他做梦都没想到这一生能与党和国家的最高领导人握手、留影。当他以"全国模范军队转业干部"身份坐在雄伟、庄严的人民大会堂里，一种难以言表的幸福感溢满全身！

张哥是成都军区通信支援国家经济建设办公室的正团职干部。2001 年复原时选择了自主择业，到距离省城贵阳市 60 多公里的乌当区百宜乡开发绿色产业，带动乡亲们脱贫致富。10 多年来，他凭着军旅生涯炼就的钢铁意志和坚定信念，越过了一道道难关，战胜了一个个困难，闯出了一条成功之路，带富了一方百姓。中央电视台、贵州电视台、《战旗报》《贵州日报》等新闻媒体对他的事迹予以了报道。2008 年他光荣当选为"北京奥运贵阳火炬手"，2009 年被授予"全国模范军队转业干部"荣誉称号。

张哥选择的百宜乡是贵阳市最偏远、最贫困的乡。他先是投资近 30 万元种植天麻，因地质、气候等原因失败了。后又投资 10 多万元种植金银花，又因市场原因资金再次打了水漂。再后来又饲养种猪，再一次因技术、管理的问题亏损了 10 多万元。3 年 3 次失败，造成了 50 多万元的损失不说，还遭到家人的埋怨、战友的不理解和一些社会上的闲言碎语。一时间，这个身高一米八几的男子汉，几乎被压得喘不过气来。

几次惨痛的失败，张哥没有气馁，就像战场上轻伤不下火线一样，他更清醒地认识到光凭一腔热血盲闯、蛮干是不行的，必须讲科学，重实际，学技术。选准项目，定好方向才能走向成功。

经过冷静思考，他花了大量时间和精力对周围的市场进行走访，实地调查研究，最终选择了种植黄金梨。两年后，通过科学的管理和辛勤耕耘，获得数十万元的收入。很快，在省、市、区果树站的支持下，他的果园扩大到了500亩，成为省、市农委指定的优质梨栽培示范基地。此后，他的黄金梨每年的收益均在100万元以上。

创业成功后，他不忘帮扶当地百姓共同致富，他先从转变观念入手，组织乡村干部学习新的种植技术，使当地从传统的收益率低的种植业向现代的收益率高的种植业转变。利用干部的带头作用影响、带动农户种植。同时建起了50亩种苗基地，将种苗低价售卖给种植户，满足农户种植需求，然后再把"梨树栽培技术"印刷成教材免费发放给种植户，并以举办培训班的方式提高种植技术，确保农户种植黄金梨实现增产增收。如今，百宜乡已成为远近闻名的优质梨乡，并辐射、带动了全省4000多农户，种植面积达到了两万多亩。黄金梨的种植使广大农户收到了"一亩果园胜过十亩田"的收益效果，极大地帮助了农户走上发展致富的道路。

在百宜乡开发绿色产业，经营果园基地，张哥尽量吸收当地的剩余劳动力在果园打工，不仅从不拖欠他们的工钱，而且报酬也十分优厚，10多年来，已累计支付乡亲们的打工费300多万元，使乡亲们不用离土离乡，不用到外地也能打工挣钱。此外，他还用自己的车辆免费为当地农户运送农用物资达200多车次，为年近八旬的抗美援朝老兵和贫困户硬化了晒谷场。每逢教师节，他都会捐出5000元给当地学校，作为优秀教师和优秀学生的奖励基金。

　　10多年艰苦创业的历程，张哥深深地感到，人生最大的快乐和幸福就是得到人民的认可，看到农户的笑脸。他说他要扎根百宜，用自己的智慧和双手创造更加辉煌灿烂的人生，让百宜乡的广大农户生活得更加美好！

发表于 2017 年《读天下》第 21 期

那枚闪光的"荣誉天平奖章"

　　战友江声华有一枚闪闪发光的"荣誉天平奖章"。我好奇地问：如同军功章光荣？背后有何故事？答曰：没有，只要在法院工作满 30 年就能获得。

　　这淡如纯净水的回答，更增添我的好奇感。于是，网上"百度"得知："荣誉天平奖章"是最高人民法院对 30 年如一日在法院工作、为法院事业奉献了青春年华、做出了突出贡献的老法官的褒奖。

　　细细品味这些平凡而简单的字眼，我开启记忆的闸门，回望他 30 多年的足迹，发现竟如此平凡而不平凡，简单而不简单：不变的本色、不懈的努力、执着的追求。

　　他曾经是一名普通的蒙自军分区通信营无线连战士。1981 年入伍，1985 年退役。其间，担任过连队报务员和文书工作，获得过蒙自军分区表彰的先进战士、昆明军区表彰的"通讯报道一等奖"等荣誉。

　　1984 年，他被分区通信科特意抽调到金平县十里村，负责炮击作战中通信保障的做法与经验的整理和总结。他说他在前线期间住的是猫耳洞，离阵地很近，在阵地的日日夜夜，最难忘的是住猫耳洞的感受，腿伸不直、腰立不起，且洞里阴暗潮湿，一种难以用语言表达的隐隐胀痛使人待一个小时都难受无比。与他同时入伍的一个战友，就因在猫耳洞待的时间太长，患上了皮肤病，导致全身多处溃烂。可他凭借"吃苦耐劳、顽强拼搏"的铁血军心，战胜了难以想象的困难。不仅收集、整理了大量珍贵的材料，而且撰写了多篇质量好、参考价值高的论文，其中《炮战中的有线通信》一文，被解放军总参谋部《通信战士》杂志刊用，受到昆明军区的表彰。

1985年，他退出现役到地方工作后退伍不褪色，把边防军人"一家不圆万家圆，一人辛苦万人甜"的奉献、牺牲精神倾注在维护社会公平正义的审判事业上，且30年如一日。

20世纪80年代中期的基层法院人员紧缺，他虽被安排在刑事审判庭担任书记员，但同时还要兼任法院的打字员、档案管理员、文秘、会计和兼职法警。为保证圆满完成这些繁重的工作任务，他经常加班工作到深夜，有时遇到停电，还要点着蜡烛把当天全院的法律文书打印、装订完毕。他的勤奋、敬业精神得到了同事的认可和组织的肯定，进入法院的第一年，就被评选为全市法院系统的先进个人。此后，他一步一个脚印，从书记员、助理审判员、审判员到庭长，法院院长，不断成长和进步。

在法院工作的30多年间，他矢志不渝地维护社会公平正义，坚韧不拔地追求工作质量第一，踏踏实实地做好每一个案件的审判工作。他开始独立经办的第一个案件，没想到竟然是被上级法院两次发回重审的疑难案件。面对这起案情复杂的建筑工程合同纠纷案，他不畏艰难困苦，敢于迎难而上。

一头扎进几尺厚的案件卷宗材料里，认真细致地核查证据、分析案情，并多次走访双方当事人和有关部门，反复调查取证，协调沟通。最终厘清了案情，明确了审判的思路，使该案件在重审的第一次开庭审理中，双方握手言和，以调解结案的方式画上了圆满的句号。

如同军功章一样，那枚"荣誉天平奖章"的背后，也有他爱人无私的鼓励和支持，奉献与牺牲。1991年8月，他在出任经济审判庭副庭长并主持全庭工作时，由于市区与郊区的距离和交通等原因，他和爱人小刘两地分居了，女儿还不满两周岁。他和他爱人小刘同是部队子女，出身于军人之家，从小青梅竹马。他的小刘常说：既然选择了他，爱上了他，就得把他的事业当作自己的事业，不仅要满腔热情地给予理解、支持，还要用自己默默的奉献、牺牲精神撑起各项家庭事务，让他全身心地投入他热爱的事业。的确，小刘是这样说的，也是这样做的。小刘自己一边上班一边担起家里的一切事务，给予了他全心全意的支持。在家人的理解和支持下，他带领全庭人员团结一心，勤奋工作。1992年，全庭的办案率较上一年增长了10倍。不仅成为全院的先进集体，他个人也被上级法院荣记三等功一次。1993年4月，已成长为自贡市沿滩区人民法院副院长的他，时年才28岁。2003年1月，担任四川省荣县人民法院院长后，成功地把这个法院打造成了先进集体，法院由此荣获"全国模范法院"荣誉称号。

从普通士兵到人民法官、法院院长，是他自己军人本色不变，工作不懈努力，家人不断鼓励、支持的结果。

那枚闪光的"荣誉天平奖章"是对他 30 年如一日地献身审判事业、维护社会公平正义的褒奖，也是我们退伍军人的光和彩！

发表于 2017 年《读天下》第 20 期

默契的军嫂聚会

那次不约而同的军嫂聚会，使我们深切感受到了她们那一颗颗同样火热的"军心"和别样的家国情怀。

那是 1988 年的春节，因中越关系再度紧张，部队冻结探亲假。于是，我们军务科的军嫂们不约而同地从湖南、四川、贵州、昆明等地赶来聚到一起。

早在春节来临前，李老兵就收到家里来信说：一头 200多斤重的过年猪已宰杀，同时还备好了他们走亲访友的礼品。可说是万事齐备了。李老兵是当年在部队完婚的，按照他们老家的习俗，新婚当年要在春节期间给双方的亲戚拜年认亲。不料因战备不能如愿，他家小刘只好提前做通双方老人的思想工作，匆匆来到了部队。

军嫂中年龄最大、来队次数最多的是唐科长的爱人。唐科长在部队已近 20 年。他老家在湖南衡阳，是住得最远的。每次罗大姐来队都要提前 3~5 天启程，坐了汽车转火车，坐了火车转汽车，路途 3000 余公里。一提起路上的经历，罗大姐就一直摇头，她说最难受的是坐火车，特别是上下火车，一手提行李一手抱小孩，加上人多拥挤，那两手的酸痛感简直难以用语言表达，每次到达部队都要两三天时间才能恢复。

罗大姐从不向唐科长诉说她独自一人在家照顾老人和小孩，甚至忍受自己病痛无人照顾的艰难，因为她理解唐科长肩上的担子和责任。她对那些年轻的军嫂说：既然选择了军人，爱上了军人，就得理解、支持他们的事业，就得无怨无悔地替他们养老抚小，就得比正常家庭妇女更多地付出与牺牲，承担起全部的家庭事务，让他们安心部队，强边固国。

罗大姐这些简单而朴素的言行，不仅使我们的唐科长在部队得到了不断的成长、进步，让唐科长像大哥更像父亲似的教育、培养我们，罗大姐本人也给年轻的军嫂树立了光辉的榜样。

其实，春节，我们何尝不想回到那个魂牵梦绕的小山村，回到年迈的父母身边，给他们放一串喜庆的鞭炮，生一炉红彤彤的旺火，敬上一杯浓浓的美酒。可我们身着绿色军装，头顶边关明月，心系祖国安危，时时要枕戈待旦，不得不在万家灯火、烟花灿烂、辞旧迎新的时候，坚守军营，戍守边关。

那些年，全科战友在军嫂们无私的理解、支持、鼓励下，在唐科长细致入微的关心、带领下，个个都像动力十足的高铁，在各自的岗位上全速地向前奔驰。我们主抓的部队正规化建设被军区树为先进典型，并在我部召开了全区现场大会；部队就保密工作在军区保密工作现场会上做了经验介绍。李老兵还被师党委荣记三等功一次。后来，有的战友在部队成长为师团级领导，有的在地方发展成中小企业家，有的至今还在金融战线、城乡建设等行业与部门发挥着中坚作用。

……

30多年过去了，每次军务科战友聚会，见到的军嫂还是那些军嫂，不同的是大都芳华已逝，白发苍苍了。

那次默契的军嫂聚会，罗大姐和唐科长父母般地张罗、筹划，并按不同地域饮食习惯烹饪出不同佳肴满足不同口味：给王参谋昆明家属烹饪韭菜炒鸡蛋、清蒸牛肉、清炒土豆丝等清淡美食；为黄参谋湖南家属炒青椒辣子鸡、豆豉回锅肉等香辣菜肴；为李老兵四川家属烹制麻婆豆腐、红烧豆瓣鱼等天府美食的情景，犹如在昨。

发表于 2018 年《东方教育》第 5 期

农行往事

那些激情燃烧的日子

那些激情燃烧的日子越来越成为每次老友们相遇时的热门话题。

20 世纪 90 年代后期，我们受省分行党委安排，以活动督导形式负责黔南、黔东南两个地区农行系统"三讲教育活动"的开展。凭借当年的朝气和激情，我们不仅经受了崎岖山路生死一瞬间的考验，还以自觉和勇气，用超常规的思路和方法出色地完成了省分行党委交给的任务。

历时 3 个多月的督导活动，除帮助、指导他们严格按活动安排的学习内容、学习心得、民主评议、问题整改等程序进行外，还让他们从自身做起，力求活动有新思路、业务有新发展、单位有新面貌、服务"三农"有新成果。其间，我们常常披星戴月进机关、下基层，把活动的时代背景与现实意义，开展的方式方法、目的要求，不折不扣地传达贯彻到各级行干部员工。

一次，我们沐浴着七八点钟的朝阳去镇远县支行召开民主生活会，晚上回到凯里时已是满天繁星，一看时间，时针已越过 10 的刻度。一路上，开车的小杨师傅一边熟练、谨慎地驾驶车辆前行，一边风趣地介绍道：凡是不常来这里的一般都会有"三跳""四紧"的感觉：车在路上跳，人在车里跳，心在嗓子眼里跳；眼要闭紧，手要抓紧，脚要蹬紧，屁股要夹紧。

小杨师傅贴切而精辟的总结让我们连连点头称赞，那些常年进村入户，服务"三农"的农行人的敬业与牺牲精神也令我们顿生敬意！

越是交通不发达的地方就越是贫困，越是贫困的地方就越是观念落后。面对这种贫困、落后的现状，教育活动只有紧密结合当地实际，紧紧抓住实际问题，才能有的放矢，凸显成效。在黔南，我们利用民主生活见面谈话的机会，开展了一次问卷式的"员工思想状况调查"，初步摸清了员工的所思所想。为后来临危受命的行领导对症下药、因人施策打下了基础。使该行在短时期内摆脱了经营困境，走出了业务发展的低谷。在黔东南，农行把支持、服务"三农"作为系统开展"三讲教育活动"的具体体现。指导他们将传统服务与现代科技相结合，进村入户办实事与智力扶贫开发相结合，支持农户调整农业产业结构与增产增收相结合，提高了服务手段的科技含量，使广大农户不仅享受到快速优质的服务，同时也丰富了文化信息，优化了种植结构，促进了增产增收。时年，《贵州日报》在二版要闻栏目对那次的"三讲教育活动"予以了报道。

那些日子，好像全身有一团燃烧的火，整天没有丝毫的疲惫感。白天，下基层收集活动资料、与人见面谈话一丝不苟。夜晚，伏案沉思、编写信息精益求精。于是，《来自基层的报道》之一、二……不断地呈现在行领导的办公室、党委会的议程中。现仍在定期与不定期采购下发的农行职业装,就是源于当年《来自基层的报道》的建议。

……

20多个年头的岁月流逝,那些在教育督导活动中受启示、养成"个人名利淡如水,农行事业重如山"的人生品格,使我们获益匪浅。如今,当年的成员在不断的锤炼中有的已成长为省级农行的正职、副职,有的顺利告别一线岗位。

"三讲",就像一根牧民姑娘的羊鞭,轻轻地抽打、鞭策着我们在正确的人生道路上不断前进!

发表于 2018 年《知识—力量》第 17 期

那幕难以消逝的画面

可容纳数千人的、最大的告别大厅居然也坐满了，厅外的停车场人头攒动。连财务处的孙处长也时而泪眼汪汪，时而低声抽泣。那场景就像一幕电影画面印刻在我的脑海十余年了，总是难以消逝。

一个普通的部门负责人，他的原上级领导、亲人、同乡、同事、战友，都从四面八方赶来为他送行。是他的形象出众还是有动人心魄的壮举？都不是。那圆而较大的脸架在不足1.7米的躯体上，这副躯体没有一点线条感，看上去就像一根首尾一般粗细的定海神针。平时与人玩笑，也没有忌讳，为此，他获得一个"傻儿师长"的雅号。可他能在中年时期脱胎换骨；能在大火燃烧危及国家财产时奋不顾身地跳进火场；能在特大洪水面前，带领部门员工数昼夜坚守岗位，时刻准备抢险；能对员工及其家庭心细如发地予以关怀、照顾……

他，名叫龙巨政，20世纪70年代初应征入伍，90年代初退出现役转业到农行贵州省分行。历任贵州省武警指挥学校军事教官、训练处副处长；农行贵州省分行机关行政处副处长、服务中心主任、工会办主任、保卫处处长等职。2003

年他因突发疾病，倒在了工作岗位上。年仅 50 余岁。

他所在的贵州省武警指挥学校，堪称贵州武警指挥官的摇篮。在那里，他用宝贵的青春年华、过人的聪明才智、勤劳的工作作风、突出的工作业绩一步步地从军事教官成长为处级干部。1991 年初，献身武警教官事业 20 余年的他，难舍军中绿色情缘，解甲时选择了农行的麦穗绿。

一个训练场的军事教官，突然间变成一个农行后勤保障人员，其角色转变近似于"脱胎换骨"。可他，硬是从购买火车票、飞机票开始，到每周一次的餐饮改善、节假日物资采购并逐户分送，再到职工房屋维修、机关办公楼日常事务等等，凡是关系到员工生活和工作方面的大事小事，他都做到了具体安排、亲自检查落实。很快，他不仅带领大家把农行的后勤保障工作，做得有声有色，收到了领导认可、员工满意的效果，还从中深刻认识到了后勤保障工作的重要性。他常说：后勤保障工作就像一台机器的润滑剂，必须时刻保持良好状态，才能使其发挥最大效能。记得有一年的春节，为了丰富员工的节日食品，分行给每户员工采购了一支火腿和 10 斤鱼，他硬是与本部门的几个员工一道冒着严寒，亲自到湖区采购，连夜分送到每家每户。很多员工及其家属十分感动地说：后勤部门有这样的军队转业干部，少了许多工作和生活的后顾之忧啊。

20 世纪 90 年代的通信保障，多数单位都是以内部交换机的形式满足机关部门间的通信联络。当时，分行机关的通信机房设置在办公大楼裙楼顶层的旁边，且高于裙楼顶层 2 米左右。由于顶层长满了 1 米多高的杂草，那天，那些杂草不明原因地起了火，火借风势迅速蔓延，顷刻间，火苗逼近机房。正在办公室紧张工作的他，见此情景后，来不及号召、组织大家，自己手拿扫帚纵身从机房的旁边跳入燃烧的火场，经过近 20 分钟的扑打才将大火扑灭，机房安然无恙。待他回办公室数小时后，忽觉膝关节有疼痛感，一查，重度骨折。伤筋动骨一百天，他不得不在家休养，我们暗自庆幸不会被他在下班中途叫回来开会、布置工作了。可仅仅一星期后，他又出现在了办公室，只是受伤的脚上多了两块夹板，走路时多了一副拐杖。我们假借关心地问：怎么不在家多休息几天，好了再来？他却笑着说：战场上都轻伤不下火线，这点小伤怎么能不来？

1996 年，贵阳遭受 50 年不遇的特大洪水灾害，办公楼的地下配电室、金库以及员工住房受到严重威胁，为了应对随时可能发生的洪水灾情，他一边安排部分人员轮流值班，用抽水泵抽出地下室的积水，一边组织本部门全体人员组成临时抢险队，先是对所有员工住房进行巡查，及时排除隐患，后又 24 小时值守在机关办公楼，时刻待命。整整一个星期，没有一个人回家。

那次特大洪水，贵阳的标志性古建筑——甲秀楼险些被毁，单位和个人不同程度受到洪灾影响，造成一定财产损失。而位于低洼位置和山体脚下的农行省分行办公大楼以及员工住房，通过后勤保障工作人员的积极预防和及时排障除险，避免了重大财产损失，有效地维护和保障了机关及其员工的工作和生活秩序。他带领大家在特大洪灾面前表现出的敬业与奉献精神，被《贵州农村金融》杂志、贵州省人民广播电台予以了报道；他所在的部门被中国农业银行总行评选为当年先进单位，他个人还在西南片区成都工作会议上作了典型发言。

20 余年的军旅生涯，军队官兵友爱、团结互助的优良传统和作风，深深地影响、感染、改变着他。那些年，他不管在哪个部门，都对员工及他们的家庭予以无微不至的关怀。每到春节前夕，不管时间多紧、工作多忙，他都要带领本部门的科级干部到员工家里对其家属表示节日慰问，感谢他们对后勤人员忙于工作无暇顾及家务的理解和支持。对此，好多家属在背后议论：这个领导给人的印象与他表面的形象不太相符呢。那年，车队驾驶员伍师傅遭遇事故，导致大腿骨折。手术后在家里康复期间，骨折处常有疼痛感，每次疼痛便拿起电话拨给他，不管白天还是夜晚，他每次都不厌其烦地安慰他，并亲自为其找医师、买药品。此外，他还在部门会议上号召全部门都要对伍师傅予以关心、爱护，遇到好的医师或药品要及时推荐，伍师傅家里的困难要帮助解决。后来，伍师傅的骨折很快康复了。

......

发表于 2018 年《知识—力量》第 8 期

二楼，那晚久久未熄的灯

在农行贵州省分行机关二楼车队办公室，那晚的灯光一直亮到凌晨两点多，实属罕见。

那是 2016 年 11 月的一天，农总行在全国系统内全面实行实物资产系统管理、领导干部职务消费（含车辆使用、维修、油料、过路费、保险费等）额度限制。时任车队队长的我，以前只习惯扛枪巡逻，且资料不全、电脑操作不熟练，不知如何合理、准确地将信息录入管理系统。正当一筹莫展之际，计财部负责实物资产管理的谭哥主动前来帮忙，亲自操作，从中午两点多至次日凌晨两点多，直到全部完成、核对无误后才在附近的小饭店以一碗酸汤烫饭充饥后回家。

在电脑前，他一会儿请同事核查车辆购置年月、型号、厂家、金额等，一会儿与系统管理人员协商延长系统关闭时间，方便数据录入。他时而复制、粘贴表格，时而计算、核实数据。那双手敲击键盘的灵巧动作，就像激情演奏的钢琴家伴随舒缓、激越的旋律，张弛有度、收放自如地弹奏。

录完数据，核对无误。那一刻，感觉就像新兵第一次五公里全副武装越野，在体力不支时被老兵战友卸去背包、枪支，既有没掉队的集体荣誉感，又有战友情深的感激之情。

心中暗自承诺，无论如何也要找机会请他吃一餐饭、喝一杯酒。可事后不久，我就离开车队去新的工作岗位了，至今也未兑现承诺。

想不到在新的岗位上与他有了更多的接触和往来。一年多来，与他及其部门的同事先后到了贵阳、遵义、毕节、安顺等各地二级分行的数十个支行和网点，进行新购、拆迁或处置网点房屋资产的现场监督。所到之处，关于他的话题就像贵阳的秋雨——连绵不断。有的说他对工作就像对待家庭一样认真负责；有的说他对行里的资产像对待家里的珍宝一样予以珍惜、爱护；还有的说他管理资产就像电影《刘三姐》里的莫老爷……

一次，我与他们部门的小何、个人金融部的小王去黔西南望谟县了解核实该县支行在旧城改造中一个网点被征拨的补偿事宜，由于是午后出发，乘坐高铁再转乘汽车，待调查核实完回到兴义驻地已是夜晚十一点过了。正准备各自休息时，该行计财部的李经理有一新情况需要及时向他反馈。我劝说李经理：太晚了，别影响谭哥休息，明天再打电话吧。李经理却非常自信地说：不会的，听不到反馈的信息，他绝不会休息，一定还在单位加班呢。果然，李经理拨通了省分行 0851—85221156 的办公室电话后，电话里很快传来了谭哥的声音……

瞬间，我对他陡然生起崇敬之意。此刻，我联想起，那几次一同在农行遵义干校、黔南、黔西南等二级分行，与分管行领导及部门同事座谈时，他对其辖区网点的位置、结构、面积以及建设年代等早已烂熟于心，恍然觉得这是敬业之所至，认真之必然！这使我这个曾经受过部队熏陶，誓言愿为国防事业、边防建设不惜牺牲一切的退役军人也自叹逊色颇多、差距颇大。

谭哥能把他所管理的实物资产信息装进自己的大脑，需要时能随时调取。他的这种敬业精神与认真负责的态度，不断地影响、感染着周围同事和下级行的相关人员。贵阳、黔西南、黔东南、毕节等多个二级分行的计财部经理，一提起谭哥，就伸出大拇指：他真是我们学习的好榜样！遵义某支行分管财务的王行长深有感触地说，他和谭哥是以前一同搞检查时认识的，后来，通过工作上的联系和接触，越发觉得他那对事业的敬业精神、对工作的认真态度、对朋友的真诚相待，让人由衷敬佩。言语间大有相见恨晚的感觉。

谭哥不仅对所管的实物资产做到了如指掌，在处置时也尽可能利润最大化。前些天，省分行机关公开拍卖处置闲置车库，他对应邀前来谈判的拍卖公司提出：决不允许暗箱操作；坚决遵守行业操守；全程要公开、透明，要尽可能把广告宣传做细致，做明白，吸引尽可能多的购买者参与竞购，力求效果最好、利润最大。

谭哥，省分行计财部实物资产管理部代理经理——谭洪剑，身高 1.78 米，英俊潇洒，谈吐优雅，举止端庄稳重。在我的心目中，他是一个外形与内心相吻合的人。

发表于 2018 年《语言文字学》第 10 期

三个老兵新颜寻旧貌

别了，印象毕节。三个老兵不约而同地齐声感叹！

随同计财部的同志前往毕节，踏勘农行闲置房产。一路上感受到的是高速公路带来的顺畅、快捷；看到的是醒目迷人的花园景观、林立的高楼大厦；吃到的是原生态的绿色食品；目睹的是成群结队下凡的"仙女"……

那天，尽管天公不作美，濛濛细雨不断，老兵师傅杨峰驾驶的越野车仍在两小时左右顺畅、安全地抵达第一个目的地——黔西县。进入县城，一座设计奇妙、塑有巨形"梦"字的街心花园式的居民小区映入眼帘。面对如此面貌，曾开车数十年，号称毕节通的杨师傅也只得凭借导航指引，几经辗转，才在城郊接合部的角落处，找到那栋七八十年代建造的砖瓦结构、破败不堪、摇摇欲坠的老旧房屋。踏勘时，当地农行的有关人员还特意提醒这是危房，居委会在此处悬挂了"此处危险"的警示牌。

午饭时，杨师傅感慨地说：现在路好了，真快捷。要是10年前，可能还在鸭池河过"鬼门关"呢（鸭池河，坡陡弯急，下雨天常有车毁人亡的交通事故发生）。

的确，千百年来，"夜郎万里道，西上令人老"道尽了毕节交通的艰难，也是毕节难以脱贫致富的主要原因。要想富，先修路。经济要发展，交通必先行。于是，全毕节上下一心，内外联动，以时不我待的精神，抓机遇补短板，先后建成贵毕（贵阳—毕节）高等级公路、杭瑞（杭州—瑞丽）高速遵义至毕节段、厦蓉（厦门—成都）高速织金至纳雍段、毕节至二龙关高速公路……通车里程达到 750 多公里，开启了毕节交通大进大出、畅通无阻的新局面，构建起了"中心集聚、多极辐射、互联互通、覆盖广泛、衔接顺畅"的高速公路网。随着经济的不断发展，目前，毕节不仅公路交通网状式地布满城乡，高速铁路、民用航空也从无到有，不断延伸、扩展。继毕节机场建成通航后，成都至贵阳的高速铁路也即将竣工通车。在不久的将来，还有纳雍至六盘水铁路、昭通至黔江铁路、渝昆铁路（毕节段）、六威昭（六盘水、威宁、昭通）城际铁路六威（六盘水—威宁）段建成通车。一个具有"铁路综合枢纽、现代物流中心"功能，能大进大出、畅通无阻的新毕节必将焕发出强劲的生机与活力。

　　在毕节各地，不管是大街小巷，还是商厦超市，随处可见威宁土豆、赫章荞酥、核桃等广告标牌。在各种不同档次的宾馆、酒店和小餐馆，你都能品尝到土生土长、原汁原味的威宁特色马铃薯、赫章苦荞粑以及极其普通的毕节"三白"（白菜、莲花白、白萝卜）等原生态绿色食品。而这些都是在以前"石漠化"了的荒山秃岭中生长出来的。在纳雍县，当踏勘完最后一个闲置的老旧房产项目后，天色已晚且雨雾濛濛。我们就近在酒店旁边的小菜馆晚餐，六七个份量充足、味道可口的家常菜，全是产自当地的原生态特色农产品：苦荞粑、农家小土鸡、农家腊猪脚、白萝卜、酸菜豆米等。面对这些美味佳肴，老兵之一的毕节分行刘金业热情招呼我们吃这品那，言语之意，都是些最普通、最平常的家常便饭，不用客气。而我们却感觉这已经很奢侈了。席间，我无意中在房间的一份宣传资料上看到：威宁土豆以个大、产量高、品质优、口感好、耐运输、耐贮藏而广受欢迎；荞酥，是用苦荞粉精心制作的甜美芳香的糕点，传说至今已有600多年历史，是奢香进京为朱元璋过生日的寿糕；苦荞粑是用火腿、笋子、豆腐、腌菜、葱姜蒜辣椒等调制清蒸而成的小粑粑，极其可口，回味悠长；赫章核桃脂肪含量、蛋白质含量、出仁率等均达到国际特级核桃标准，是"国家地理标志保护产品"。这些独具特色的农产品，随着宣传和销售力度的加大，不仅辐射到了邻近的四川、云南，有的还走进了京城成为首都居民的健康长寿食品，经济效益日益凸显。仅就核桃一项，其精加工的核桃乳、核桃糖年产值就达五亿多元……

昔日的荒山秃岭变成了名副其实的"金山银山"。

"黔西大方一枝花，赫章威宁苦荞粑。"这是一句传说已久的民间谚语。意指黔西、大方是平地，气候宜人，能产玉米、水稻等主要农作物，在这里长大的小女孩貌美如花。而赫章、威宁属高寒地带，加上石漠化严重，只能生产赖以充饥的杂粮、粗粮。如今，时过境迁。党和国家的政策越来越好，社会各界的关心、支持力度越来越大，毕节人民的创新、拼搏意识越来越强，人民生活水平越来越高，毕节在脱贫致富的小康路上，一年一个台阶。不管是在城市还是乡村，不管是在文化广场还是街道公园，处处都能看到那些衣食无忧的不同年龄段的女性，她们身着艳丽服装、迈着婀娜舞姿，尽情享受新时代的美好、人世间的天伦。她们窈窕淑女般的身材和满面春风的笑容，犹如仙女集体下凡般⋯⋯

两天时间，四县一区，九个闲置房产项目，行程700余公里。三个老兵同为这工作的高效、快捷及所到之处的日新月异情不自禁地由衷感叹：再见了！"山高石头多，出门就爬坡。黔西大方一枝花，赫章威宁苦荞粑"的旧毕节！

注：三个老兵。农行毕节分行计财部刘金业，1979年考入军校，曾在老山自卫还击作战中荣立战功；办公室杨峰，1983年至1987年，在广东某空军基地服役，为祖国蓝天战鹰的安全起降做出过积极贡献；农行贵州省分行内控合规部胡弟章，20世纪七八十年代的边防军人，戍守边关近10年。他们均已年近花甲。

过往纪事

重　逢

　　2013年的1月1日，对于军分区军务科的30多名战友来说，注定是一个难忘的日子。

　　那天，美丽的春城——昆明，在经过突如其来的冷空气的洗礼后，蓝天白云、阳光明媚。我们30多名战友在分别了20多年后，终于重逢了。当年风华正茂、朝气蓬勃的我们，如今有的已满头白发、光荣退休；有的已历炼成熟，正在军队和地方建设中发挥中坚作用。但仍然谁也抑制不住内心的激动，那些和谐、向上的往事犹如打开闸门的洪水滚滚而来……

　　难忘那年的春节，因为中越关系紧张，部队进入战备，冻结了探亲假，我们科的军嫂们从祖国各地不约而同地聚集到了部队，当年的唐科长硬是像一个家长似的，提前就筹划、安排好了春节期间的饮食，还亲自烹饪出有不同地方特色的佳肴。一个星期的春节假期，不知不觉就在一个和谐、温馨的氛围中度过了。

　　当年的唐科长，不仅是我们尊敬的长者、领导，而且也是我们大家成长、进步的铺路石。记得有一次，成都军区突然通知我们要上报部队正规化建设先进的材料，唐科长紧急召集全科人员，像总设计师似的把材料的各个部分分解到有关人员头上，又不断地提示写作思路、提供写作素材，然后亲自进行总串连并修改、加工，短短三天时间便完成了任务，该材料会后被成都军区《管理教育通讯》杂志刊载。

……

守备第二师、蒙自军分区军务科，虽然没有漫长的历史，但它是我们难忘的军旅情结，因为它是一个实实在在的团结的群体、向上的群体，时时处处都充满朝气与活力。受益于唐科长的教育、引导，我们30多名战友中有的已成长为师级领导，有的正在通往将军的路上，有的已成为中小企业家，有的正在金融战线、城乡建设等行业与部门发挥着中坚作用，发扬着退伍不褪色的光荣传统，正在为建设祖国贡献力量。

重逢，既是一个大家盼望的日子，同时也是一个短暂的日子，两天后，我们又分别了，又各自回到自己的家园、岗位。只有那些军营里和边防线上难忘的往事化成了深藏心底的战友情长！

2013年1月于贵阳

军魂不散 友情永驻

　　2017 年 8 月 5 日，在贵阳，在温馨祥和的武岳大酒店，一场由多彩贵州风民族乐团与参会战友联合演唱的以军旅歌曲为主题的文艺演唱会，把现场战友们的心绪再次拖回了那久远的军旅岁月。演出现场不时爆发出长时间雷鸣般的掌声，充分表现出战友们军魂不散、友情永驻的战友深情。

　　8 月 4 日—5 日，是通信营（站）第三届联谊团聚的日子，为期两天的联谊会经过了热情的欢迎仪式、庄严的会旗交接和青岩古镇的游览观光，最后在欢乐祥和的文艺表演中落下帷幕。

　　本届战友联谊会在张德远会长的正确领导和精心谋划下，在以梅养善为筹备组组长的全体组员的共同努力下，在往届组委会和全体参会战友的大力支持下，获得了圆满成功。与会战友、老领导、特邀战友及战友家属对本届联谊会的成功举办给予了充分肯定和高度评价；本次联谊会同时也得到了未参会的其他战友和老领导的真诚祝贺。

　　多次参加过通信营战友联谊会的军分区老领导孙贵宗司令员，激动之余深有感触地说：本次联谊会不管是组织的严密度、服务的热情度还是文艺演出的精彩度，都是无以伦比和前所未有的，此时此刻我心潮澎拜、感慨万千……

原守备第二师通信科长吕义伟，军分区陈国兴、余永贵等老领导、老战友也对本届联谊会圆满成功表示祝贺，特别是对战友们自编自导的弘扬主旋律的文艺演出赞赏有嘉。

联谊会的成功举办，充分说明了通信营这支队伍素质是高的，能力是强的，作风是硬的。战友们在部队期间，为边防通信建设和对越自卫反击战的胜利奉献了宝贵的青春年华，做出过不可磨灭的贡献。离开部队后，在地方经济建设中也能保持军人本色，不忘初心，继续前进。一大批干部、战士走上党政、企、事业单位领导岗位或成长为各行业的业务骨干……

的确，通信营自 1980 年 3 月组建以来，按实战要求，不断健全了防区内的通信网络；有效整合了有线、无线通信装备资源，及时完成了防区有线通信线路架设，使边防对敌斗争的通信保障能力得到全面提高。30 多年来，长期坚持针对边防特点的模拟通信训练，圆满地完成了边防部队在日常边防巡逻、作战演练和军事比武中的通信保障任务，为边防长期对敌斗争的通信网络实战化建设做出了突出贡献。尤其是 1984 年，为配合友邻部队，在实施牵制敌军主力的炮击作战中，出色地保障了通信指挥的畅通无阻。战役通信指挥的坚强保障，为友邻部队赢得了战机，创造了必胜的条件，确保了作战的全面胜利。

实践证明，通信营这支队伍素质高、能力强、作风硬。

在部队，通过历练，战友们不但练就了过硬的通信保障技能，而且通信知识也不断得到丰富，既能开展针对性的实战模拟训练，又能不断探索和总结对敌斗争中的经验与做法，成功探索出了一整套边防对敌斗争中通信联络"保畅"的专业通信知识和实战经验。长期以来，通信营各个时期的实战能力和训练成果都得到了上级军区甚至总参谋部的充分肯定和隆重表彰。一些干部、战士在实战和训练中脱颖而出，丰富了自己的军事通信理论知识。如：原通信营战士胡弟章同志结合模拟训练实战要求采写的通讯报道《根据边防特点开展模拟训练》，江声华同志在对越炮击作战实地调研基础上撰写的《炮战中有线通信的组织与保障》等，他们的作品被总参谋部《通信战士》杂志全文刊用。同时还获得了成都军区、昆明军区的大力表彰。

在地方经济建设中，战友们的行为更是亮点纷呈。如：全军模范转业军人原通信营干部张德远同志，从部队转业后自主择业，主动去偏远乡村租用荒山开发果园基地，通过培植果树种苗带动周边乃至全省各地的农户种植果树脱贫致富；同时还利用自己的果园基地大量聘用周边闲散村民，解决他们的就业，增加他们的收入。他那为政府排忧解难、为百姓脱贫致富的模范行为，深得当地政府和老百姓的充分肯定和高度赞扬。2008年，他不仅被推选为北京奥运会贵阳火炬手，而且还光荣出席了全军模范转业军人表彰大会。还有原分区通信营修理所复转军人张治伦同志，年逾花甲的他退伍不褪色，在陌生儿童不慎坠落长江，生命安全受到威胁时，挺身而出，奋不顾身地跳入江中，救起了溺水儿童。他的感人事迹被中央电视台和地方多家媒体广泛报道，被社会各界广为赞颂。为我们的军旗添了彩、为退伍军人增了光!

作为中国历史文化名镇的青岩古镇,战友们在游览观光中受益匪浅,对那些精心修建的九寺、八庙、五阁、二祠上鬼斧神工的青瓦斗檐、雕梁画柱的建筑风格和雕刻艺术赞不绝口。

是的,这个始建于明洪武年间以屯田驻军为目的的古镇,距今已有600多年历史,它不仅历史文化底蕴厚重,传统文化传承也令人惊奇。历史上文化名人周渔璜、赵以炯,曾在这里漫步,品尝当地美食。今天,在古镇的不少人家中,还摆放着"天地君亲师"的牌子,这让来自山东的战友大为感慨。这些就连他的家乡(孔孟文化的发源地)也少见。这是青岩人对传统文化的敬重,是在用传统的人文精神对中国文明的继承和弘扬。

当年,为抵御外敌入侵和围困而潜心研制的、贮藏期较长的卤猪脚、鸡辣椒、玫瑰糖、豆腐干等食品,如今已成为游客们赞不绝口的美味佳肴,更成为本届联谊会战友们的最爱。来自成都市的一个战友在品尝号称状元蹄的卤猪脚时惊叹地说:我连舌头都快吞进去了。在成都市我也算个吃货,自以为成都的蹄花是最好的了,没想到天外还有天……

难怪,战友们在离开古镇时还流连忘返,意犹未尽,不停地透过车窗玻璃回望、咀嚼这个神奇而美丽的古镇。心想,也许那些厚重无比的历史文化、回味无穷的传统美食、得天独厚的宜人气候,是古镇今天攘来熙往、名响天下的缘故吧!

作为参会老兵,感谢贵州组委会的精心安排和周到的服务,让我们既观光了风景,游览了古迹,品尝了美食,增添了知识，更体会到了贵州战友的战友情。

战友情是灯，越拨越亮；战友情是河，越积越深；战友情是花，越开越艳；战友情是酒，越陈越香。

在这团聚的时刻，在这嘹亮的军歌声中我们不能忘怀长眠于地下的战友，此时此刻，我们不仅要以军歌怀念他们，更要以诗歌传颂他们。原通信营老领导孙世元现场激情朗诵的自创诗歌——《花环前的思念与思考》，勾起了战友们戎马生涯的回忆和对为国捐躯战友的思念，欢乐的现场瞬间沉浸在深切怀念战友的悲情之中，连节目主持人朱弘也泪眼婆娑、几尽哽咽。

烈士们应该有我们这样的今天，
更应有幸福美好的明天。
和平，是人类美好的愿景，
和平，让我们永远记住烈士，
和平，需要全社会关注烈士的家眷。
和平，将永远属于人间！

……

2017 年 8 月于贵阳

现代复古与古乐传承

在丽江古城游览，感悟最深的是以现代科技还原的纳西千年文化传奇和纳西古乐的历史传承。

那天，从雨雾蒙蒙的贵阳出发，历时 10 余个小时高铁、航班的转、换乘，顺利入住到 2000 多公里以外的一座曲径通幽、小桥流水的"岸边云水"度假庭院。那里天高云淡、阳光明媚，20 余摄氏度气温与贵阳反差明显的气候环镜，让我们更悠闲自得，更有闲情逸致。

次日，在饱览了丽江千年古城的风貌后，通过一位初识的山东籍餐饮老板的热心帮助，得以在座无虚席的丽江千古情演唱剧场的嘉宾席观看了《丽江千古情》。当那一幕幕通过现代科技还原的充满灵与肉、血与泪、生与死、情与爱的纳西古文化传奇的场面闪现眼前时，一种强烈的震撼感扑面而来。那是一个用 IMAX3D 制作的视觉大片，它重现了《纳西创世纪》《泸沽女儿国》《马帮传奇》《古道今风》等丽江长达千年的历史与传说，它实景般地引领着我们穿越雪山，走进旷远原始的洪荒之域，在泸沽湖畔的摩梭花楼、在挟风裹雨的茶马古道、在曼舞欢歌的古道重镇、在世外桃源般的香巴拉相约一场风花雪月的邂逅，感受一个美丽而难忘的时刻。它运用舞蹈、杂技、武打、舞台机械、全景特技等元素，通过高空反重力走月亮、大鹏神鸟救祖、水雷、洪水、瀑布、雨帘栈道、大型雪山机械模型等上万套高科技机械与原生态艺术相结合，再现了这个古老而又智慧的纳西民族的风土人情及其远古而灿烂的东巴文化。如在第一幕再现的是一个幽静秀美的泸沽湖，一片令人魂牵梦萦的人间乐土；第二幕复活了千百年来，在崎岖的茶马古道上每天都上演的惊天地、泣鬼神的生命乐章及其肩负着运输使命出发的壮怀场面。

纳西古乐是由一群60岁以上老人用筝、笛、琵琶等古乐器演奏的一曲曲源远流长、魅力无穷的宫廷音乐。当你倾听到那些忧伤哀怨，悱恻缠绵，低沉、悲凉而节奏缓慢、轻柔婉丽的旋律时，感受到的是"化石"般的民间音乐品种，触碰到的是国宝级的古代艺术和世界非物质文化遗产。它是一种纳西民族的丧葬音乐。其中最早的乐曲距今已有1200多年的历史。不仅演奏的乐曲年代久远，演奏者中最年长的已是80多岁高龄。据说他们演奏的首曲宫廷音乐《八卦》，是唐明皇李隆基所作。聆听那些由30多位纳西古乐传人端坐并以淡然神态演奏的古曲《浪淘沙》《公主哭》《赤脚舞》《阿丽哩格吉拍》等，让人感受到大唐时代的雄浑气度和江南丝竹的委婉柔美。

斗转星移，岁月流逝。纳西古乐从历史中走来，并传承至今，靠的是纳西人对这一古典音乐的认同和一代代有责任、有执着精神的传人。如今，它已成为国宝和世界非物质文化遗产，中外游客都慕名前去倾听、欣赏。

雪山依旧，古城如歌。那些通过现代科技还原的纳西民族的千年历史和震撼场面，凭的是科技的创新与运用，科技使其画面时而神秘莫测，时而耀眼夺目，以致每年数千万游客相聚在丽江，被曾经的故事所震撼，感受到自由的爱情信念的激扬。

离开丽江许久了，那《丽江千古情》中一幕幕震撼人心的画面和那些用筝、笛、琵琶等演奏的古老旋律以及热情好客的异地商人仍不时浮现脑海、激荡心田。

发表于 2019 年《青年生活》（学术版）第 1 期

天人合一

天人合一是什么含义，众说纷纭，各个不同的学派有各自不同的理解和各自不同的说法。我的理解是：天赐的丽山秀水、风物美景，地就的诚实善良、勤劳忠厚同时呈现给世人。

那天，美丽的普者黑，天高云淡，丽日宜人。我们一行8人自砚山县驱车200余公里，来到这个闻名遐迩的国家级风景名胜区，一睹了那里的山山水水和人文情怀，真切地感受到了人与自然的和谐与美好。

夏末秋初的普者黑，成片成片的荷花已收敛了灿烂的笑容，淡黄色的荷花叶片连同躯体一起，似乎要躲进荷池养精蓄锐，待来年再把美丽献人间。翠绿色的山与清澈的水相映成水天一色。

源于战友情，我们在当地战友妹妹的盛情接待下，漫步、乘舟游览了普者黑湖、观音洞和天鹅湖等。湖岸茂密的芦苇丛犹如鸟群的别墅，不时窜出小水鸭、小竹鸡、白天鹅等，使人在山水鸟群间、在阵阵的微风中心旷神怡。

晚间，闻讯赶来的战友聚集一堂，再度将战友情结带回到了 30 多年前的河口县南溪镇。那时，我们青春年少，激情飞扬，同吃同住，同学习、同训练、同劳动，处处洋溢着青春的气息、荡漾着活泼的笑容。为了祖国的尊严、领土的完整、人民的幸福，我们从四面八方走到了一起。几十年弹指一挥间，如今相聚，纵有千言万语也道不尽战友情，诉不完心中话。

席间，不知是哪位战友说了句：你们辛苦了，你们受惊了！

的确，当天上午十时许，我们驾驶的车辆在县城入口的加油站倒车时，不慎碰倒了一位当地百姓，尽管不太严重，我们仍心急如焚地将其火速送到当地医院检查……

一时间，打一场前途未卜的交通事故的官司成为我们一行人的心病。

我们兵分两路，一边积极主动地为对方检查办理手续和支付各项费用，一边寻找当地公安交警人员汇报当时情况。出乎意料的是，当检查完毕，正等待对方提出赔偿要求时，那人却含笑与我们一一握手告别了，就连我们邀请他一起吃个中午饭，以示欠意都被婉言谢绝。顿时，我们心觉惭愧、自责，甚至有无颜面对之感。

那人身高 1.6 米左右，一头黑发，满脸连毛胡子，说话时声音洪亮。当时身穿一件普通的中山装，脚上沾满泥土，显然是从建筑工地过来的。一副诚实善良、勤劳忠厚的形象。

从医生检查的报告单上得知，那人姓杨，名叫杨松，49岁，丘北县普者黑人。

离开普者黑，回想起当时的惊心与感动，联想起那里天赐的丽山秀水，脑海里顿生出天人合一的感想。

发表于2017年《教育科学》第12期

我们的"肖老妈"

  2015 年的道真籍在筑老乡春节团拜会，在预定的时间、地点如期举行了。可我怎么也想不到，在这次团拜会上居然遇到了他——"肖老妈"。

  "肖老妈"，是 30 多年前，我们高中同学私下给一个男性老师起的绰号，现在想起来还真有点形神兼备呢。

  他，一米六左右的个头，身材不是那么魁梧，但很精神，常穿一件蓝色中山装，走路步小且慢，习惯性地反手于背后，酷似女人形象。我读高中时，他是我们的班主任老师，教数学，课堂上从不带教材，因为教材每一页的内容都已烂熟于心。所以，上课时显得随心所欲，得心应手。但对于新内容总是要反复强调，生怕大家听不懂、记不清，有些同学，觉得他有点婆婆妈妈。

  我们的校园坐落在道真县一座叫云峰山的大山脚下，三面环山，周边是农业生产队，距离县城有 10 余公里。由一个废弃的"大跃进"时期修建的小型钢铁厂改建而成。20 世纪 70 年代，各种食物还是按计划凭票供应，同学们经常因吃不饱肚子饿得咕咕直叫，每当临近吃饭的那节课，个个都提前做好了准备，一旦钟声敲响，有的夺门而出，有的跳窗而下，以最快的速度奔向食堂。那场景就像战场上谁抢占了制高点谁就胜利一样。

有一天早饭时，我们班一位同学竟因为排队打饭的顺序问题与一个高年级同学发生纠纷，并遭到拳打脚踢，他的耳朵失去了听力。那个高年级的同学是中级师范班学员，仗着自己个头大、体力强，既不服从学校调解，又拒不支付医疗费用，恰似一副恃强凌弱的样子。无奈，"肖老妈"只好从自己月收入不足30元的工资中拿出10元，一边往被打的同学的衣袋里塞一边嘴里嘟哝道：还讲不讲理，打了人还那么霸道，天底下哪有自己出钱请人打的道理……

那时的高中，每学期都有一次下乡支农。记得1977年的夏天，我们班40多个同学在"肖老妈"的带领下，到学校附近的一个生产队帮忙插秧。那天，太阳像一个燃烧的火球，炙热的强光使田野上不断升腾起阵阵热浪，我们的身上除了汗水还是汗水。为了防暑，生产队特意挑了两大桶白开水到田埂上给同学们解渴，他总是在后面不肯上前，直到每个同学都喝了之后才慢慢走过来，嘴上还不停地说：早上出门的时候喝了一大茶缸的，平时可以管一天了。这时，有同学马上接嘴：你来喝它一桶管一年不好吗。引得全班同学笑得合不上嘴。他不仅不介意，自己也跟着笑了起来。其实，他哪里是不渴，而是担心同学们不够喝，都是些十五六岁的小伙子，这样大量出汗、透支体力，需要及时补充水分呀。

自那以后，我和"肖老妈"就没有了联系，更谈不上见面了。

后来，在一个偶然的场合，听到有人议论起他：要是他也愿意离开学校经商的话，早就成"万元甚至十万元户了"。

那是20世纪80年代中后期，农村刚刚实行了联产承包责任制，国家正在探索改革开放政策，允许人才合理流动。于是，在道真这样偏远、贫穷的小县城，"孔雀东南飞"一时成为一种时尚，有才能、有经验的老师纷纷辞职去沿海、沿边开放城市创业、增收。曾经一度使道真的师资力量受到严重影响，甚至出现了师生比例失衡。当然，据说他也频频收到高薪聘用的商调和邀请函，但他每次都拒绝了。

事实上，他何尝不想到经济发达地区去，让自己以及家人生活得更美好、更幸福，但当他在课堂上一看到那一双双渴盼知识的眼睛，心情就格外沉重，无法舍弃，他要尽其所能地培养更多的栋梁之才，为建设美好道真添砖加瓦。他在道真的数十年里，培养、教导过的学生已遍布全国各地、各行各业，有的已成长为中高级领导干部，有的是单位的骨干和中坚力量，单就在贵阳，在农行这个大家庭的就达数十上百人之多，这次老乡团拜会筹备会的多数成员都是他的学生，这次团拜会，他是唯一被特邀的外乡籍人员。

他，名叫肖仲芬，四川高县人。于20世纪60年代初毕业于贵州大学，曾在道真县上坝中学、道真县道真中学、遵义市第一中学任教，1999年退休。

发表于2015年5月24日《贵阳日报》文学版

故乡的桥

　　站在那座高高的"望远大桥"上，我怎么也想不到它竟是那座曾经令我难忘的石拱桥。

　　小时候，常听到大人们这样念叨：过得桥进来是我们的福气，过得桥出去是我们的希望。我那时还猜不透其中的内涵，更不明白它究竟与故乡的命运有怎样的联系。后来才从一个又一个关于那桥的故事中渐渐明白。那年，解放军到达故乡时，国民党的保安队在桥的一方筑碉堡，修堑壕，凭那峡谷天险，与解放军交了火，打得十分激烈，直到有两名战士用鲜血染红了河水，献出了生命才攻克了桥头堡。这是当年任生产队队长的父亲给我讲的。他还讲到某寨某人打着赤脚从那桥上出去成了城里某机关单位的领导，经常为家乡父老的温饱出主意，想办法；某人出去后在解放军部队里当上了团长、师长，每次回家，都要去学校作报告，讲传统；等等。

　　石拱桥在我家至学校之间，是两座大山在深谷的连接点，不管南来北往，都要下一个大山坡，再上一个大山坡。上中学时，我们常去那桥下洗澡，在桥的上坡处学铁道游击队——爬车取乐。那年月，大人们关于那桥的事渐渐少了，只偶尔听说某队某人"考上"了某工农兵大学。后来那桥坑越来越多，越来越窄了，连用作护拦的石墩也被掀下了深沟。大人们看到这情景，再没有议论那桥，讲那桥的故事，任凭风雨在它脸上刻下道道岁月的皱纹。

一个雨雾蒙蒙的早晨，一辆满载40多位乘客的公共汽车像脱缰的野马，从山顶飞一般地滑向山脚，径直冲向桥头，毫无阻挡地坠入深沟。刹时，桥底下水量本已很小的河变成了"红水河"。数十人横七竖八地躺在河里，有的已不省人事，有的在痛苦呻吟……

离别故乡20年了，那座石拱桥常在脑海里浮现，当年大众们对桥的议论也常在耳畔回响。

跨过那座"望远大桥"，便是养育过我的故乡。故乡是一个川黔边界上的小县，县城居于群山环抱之中，占地约2平方公里，几条笔直而绿化良好的街道通达四方。白天，商场里人流如梭，那些刚在农贸市场交换了丰收喜悦的人们在挑这选那。街道两边的饮食摊点生意红红火火，想吃"龙肉海参、山珍野味"的后生可在任何一家餐馆品尝从养殖基地送来的"海陆空美食火锅"。夜晚，几盏高杆灯把林立的大厦映照得格外显眼，各种大中小豪华车辆在大街小巷夜市的喧闹声中川流不息。

每次回故乡，都免不了要与那群少时的同学相聚，自然那少时深夜去地里偷南瓜煮稀饭，到河里捉团鱼之类的故事又要被争先叙述一番，但谈得更多的还是农行领导如何站得高、看得远，贷款给老百姓把石拱桥变成那座高约100米、长约300米、宽约20米的"望远大桥"，吸引了上海、天津、重庆等地的老板来故乡租购荒山，开发绿色产业，使故乡的猕猴桃、竹笋、茶叶等绿色产品销往日本、孟加拉等国家和中国香港、台湾地区。

离开故乡，再回首那座"望远大桥"，它像一道彩虹飞跨在两山之间，两侧翠绿的群山绵延起伏，像一条条绿色的彩带飘舞在眼前。桥上别致的护栏一字儿排在两边。两头的桥柱上是两幅醒目的广告："风雨人生路，农行诚相助"。桥下潺潺流水声和清脆的鸟语声交织一起就像一首动听的乐曲。随风袭来的阵阵花香令人驻足忘返……

我禁不住由衷赞叹：多美啊，故乡的桥！

发表于 1999 年《贵州农村金融》第 2 期

绽放在农行战线上的绚丽花朵

最近，农行贵州省分行工会办要我为40篇"女性魅力与农行发展征文"打分。当我捧读这40篇文章时，我的心伴随着那些激情飞扬、充满真情实感的文字及挚爱农行、奉献农行的感人点滴时而心潮澎湃，时而热泪盈眶。我看到的分明是40颗为农行发展而奋斗的滚烫的心、是绽放在农行战线上的绚丽花朵。

她们有的已年过半百退居二线，成为农行的宝贵财富，有的正在领导岗位上为农行发展呕心沥血，有的刚进农行，正感受着农行大家庭的温暖。尽管她们的情况千差万别、工作经历有长有短、心路历程各不相同，但她们热爱农行、忠诚农行、奉献农行的心是一致的。尽管她们的文章还有许多可以进一步修改、完善的地方，但她们那些通过艰苦努力、不懈奋斗而表现出的人生价值、所取得的辉煌成就，让人过目难忘。

唐红，黔南分行的一名中层干部，先后担任过黔南分行信贷管理部副经理、经理，罗甸、独山两县支行行长，现任黔南分行运营管理部总经理。她在参加工作的第一年即1997

年，就被评为都匀市支行的"先进工作者"；2004年被评为黔南分行"优秀女职工"；2005年被省分行团委授予"青年驿站优秀通讯员"；2006年、2008年度考核为"优秀"；2011年在清华大学继续教育学院举办的"中国农业银行2011年第1期县域支行行长培训班"期间被评为"优秀学员"；2012年被黔南州分行评为"优秀部门负责人"；2013年被省分行评为"三大集中"推广先进个人……

可谁知道她这些光环背后的那些长期不懈的付出与坚韧不拔的努力：她与爱人两地分居5载，一次探亲假都没请过；她的父亲1958年支黔时来到贵州，现已七八十岁高龄了，一直未回过四川资中老家，她曾经许诺陪老人家回趟老家，但因工作太忙，一直未能成行；她儿子产下两个半月时，由于单位人手不够，需要她提前上班，她二话没说，把待哺的儿子扔给年长的父母；她记不清多少个夜晚把儿子哄睡后，自己拿着业务书本挑灯夜读……

刘丹是个靠不懈努力获得硕士学位的女强人。她不仅对客户认真负责，把客户当作上帝，急客户所急，帮客户所需，而且对自己也严格要求，始终坚持"打铁要靠本身硬"，长期不懈地坚持学习，最终顺利通过了金融英语（综合类）和中级职称考试，并获得云南大学软件工程在职硕士学位。

她在10多年的基层工作中，从未关闭过手机，随时随地、时时刻刻准备着为客户服务。记得有一次，在凌晨一点多的时候，她刚入睡，电话就响了，是一位客户丢失了一张账户里有400多万元的白金借记卡，她不厌其烦，一遍又一遍地慢慢在电话里教客户通过95599挂失，当时客户喝了酒，又着急，一直到凌晨三点多才将这件事圆满处理好。她参加的云南大学软件工程在职研究生的学习是在每月末的周末两天，为了不影响工作和学习，她一直坐晚上的火车往返，六盘水到昆明有将近800公里的路程。两年多的研究生学习，她没有一次旷课、迟到和早退。记得有一年，昆明下大雪，学习班只有她一人按时到了教室，使那位刚从英国留学回来的英语教授十分感动，专门为她一个人上了一堂互动非常好的综合英语课，至今都令她难以忘怀……

令狐琪，这个80年代的普通小孩，出生在一个知识分子家庭，受爸爸刚毅正直、妈妈温柔自强的影响，成长为一个自强、自立、自信的女性。

她最初是一名普通的VIP柜柜员，她具有良好的职业素养和内在修养，她用她独特的亲和力影响和吸引身边的人，把每一个前来办理业务的客户都当作自己的好朋友，认真而细心地处理好每一笔业务，并始终保持着微笑面对客户。记得有一天中午，她刚端起饭盒吃饭，看到走过来一个客户，她立即放下手中的饭盒，坐到柜台面前为客户办理业务，得到了该客户的充分肯定和高度赞扬。现在，她在支行综合部工作，每天都要及时处理好多领导交办的事情，刚开始，她工作不顺手，总是有这样或那样的问题，也曾受到过领导的严厉批判。她也曾经茫然过，也怀疑过自己，甚至偷偷哭过，后来通过反思自己，从自身找原因，发现了是自己的工作方法不正确。在不断改进和改正后，终于得到了领导的肯定，工作成效也不断显现……

田莉达，一个把别人作为路灯又乐于把自己化作蜡烛照亮别人的人。

她刚上岗时在大厅坐柜，一次客户投诉，行领导严厉地批评了她并罚她赔偿了客户的损失，她口服心不服地与那位行领导结下了"梁子"。处处在那位领导面前示强，把领导交给她的工作视为是对她的不满、是打击报复，她赌气地把各项工作尽可能做好，不让那位领导挑出丁点儿毛病，相继获得了省分行营业部柜台业务技术比赛小组第三名、知识竞赛第二名、演讲比赛第一名。但当那位领导退居二线变成了二级分行一名机关普通员工、又巧合地到她所借调到的部室，二人由以前的上下级变为同事时，她发现那位领导不再那么威严了，而且每项工作都毫无怨言地尽心尽力，工作中不仅从不迟到早退，打字、写材料、找领导签字报账样样都亲力亲为。记得那年年终总结，由于那位领导在工作中的出色表现，大家一致评选那位领导为部室优秀员工，可是那位领导却建议大家把票投给田莉达，说田莉达的工作也很努力，而且是借调人员，评为优秀后转正时会更有说服力。从那一刻，田莉达对那位领导十分崇拜，并把她作为路灯，觉得自己是在她的照耀下前行。田莉达自己也想化作一盏灯，哪怕是一支蜡烛也可以，传承那位领导的光亮，去照亮更多的路人。

发表于2013年《贵州城乡金融》第7期

"书画同源"的完美范例

　　中国美术家协会巴蜀创作中心办公室主任、农行四川省分行鹤翔山庄青城根雕艺术馆馆长高凯同志的书法作品,被人们称作字形质朴、单纯、严谨、生动有力,布局稳沉老到,行笔雄浑、古朴,不随风动、不为物器,泼墨时无意雕琢,腾空留白处又意旨无穷。它不只是一些血脉贯通、撼人心弦的线条,而更像是一位年老者历尽沧桑后回归家园、回归梦境时的心灵呓语。

　　他的根雕艺术作品于 1998 年获中国西部工艺品大展金、银、铜奖,1999 年获成都市一、二、三等奖。他利用千年乌木在千奇百怪的板材上雕刻的书法和根雕作品栩栩如生,是"书画同源"的完善结合。

　　高凯,二郎山人,1963 年生。他幼承家训,精研书画,承二郎山之雄浑,取青衣江之婉约,极具才气、悟性、学识和修养。其书法熔古铸今,出神入化,形成了潇洒之中见沉稳,畅达之中见雄奇之书风,观之如行云流水,变幻莫测,交融着中国传统文化中佛、道诸家的哲学思想,富有诗词的意境、歌曲的抒情、舞蹈的节奏、丹青的色彩、笔墨的情趣。

瞧，书法作品"福、富"和"根魂"，就是把盘根错节的自然美融入书法创作的典型，他这种巧妙地把绘画的灵感结合到根雕艺术的创作，使人对其作品有高雅脱俗、妙趣天成之感。他的乌木艺术书法作品《赤壁怀古》更是体现了书法的雕刻美、艺术美和厚重美。他搭架提笔在墙面直接书写的毛主席的诗词《沁园春·雪》，不滴墨，排版自如，气势磅礴，高品位、大格局，堪称一绝。

他精心雕琢的巨型香樟木根雕茶桌，以其形如卧狮在林，又似猛虎下山的非凡气势和质朴生动的观赏性，被外交部选为我驻德使馆新馆的陈列物，以展示我国西部的风物特色。

难怪有人发出这样的赞叹：只有站在历史的肩上眺望，风景才会这边独好。高凯，这个了不起的二郎山人，之所以能够有如此高深的造诣，如此辉煌的成就，不仅是幼承家训，精研书画的结果，而且还是他对所相互依存的鹤翔山庄青城根雕艺术馆无比的挚爱和忠诚及对艺术至上、实用为本的艺术创作的无限追求的结果。在他那充满激情发表在《中国城乡金融报》上《都江堰里有鹤翔》一文里，便可显见：鹤翔山庄——你那挺拔的身姿，曾给我多少生命的震撼与惊叹！你那超凡脱俗的气质，更让我感到什么才是生命真正的本质和内蕴。每一次亲近你，都是一次灵魂的洗礼和情感的升华；每一次朝圣，我都为无法穷尽你那博大的内涵而感到愧疚和自责；每一次仰望你，我都会情不自禁地生出"观宇宙之无穷，叹人生之须臾"的联想与感慨……

是啊，正是因为他把自己满腔的深情融入了与他朝夕相处、无限眷恋的山庄，挚爱着他所执着追求的书法根雕艺术创作事业，满怀激情探索大自然与历史文化积淀相结合而形成神奇合力，才获得了无穷无尽的创作源泉。

发表于 2000 年《贵州农村金融》第 12 期

开启导航回故乡

我的故乡是道真仡佬族苗族自治县。回乡那天，正好是故乡成立自治县 30 周年的日子，我们开启导航历时 3 个多小时，顺畅抵达了县城。

小时候，故乡留给我的印象是：到处荒山秃岭，地上水贵如油，地下水滚滚流，生产靠望天水，生活靠返销粮，照明是煤油灯，连过年过节的烟、酒、糖、肉都是按户定量供给，通往外界的路只有一条。

30 多年过去了，印象中的故乡也时过境迁。如今，省、县、乡村公路纵横交错，四通八达；山川秀美，气候宜人，人居佳境；特色产品，质量优良，广受欢迎；文化遗产，底蕴深厚，享誉世界；民族团结，各民族和谐相处，生活幸福……

故乡 30 多年的创新驱动、砥砺奋进，旧貌换新颜，让人禁不住感叹、赞美！

——道路，像一条条彩带蜿蜒在故乡大地。要想富，先修路，故乡人深知这个大道理。30 多年来，不仅多次改造、拓宽了通往外界的省道、县道，而且还新建了连接广西出海通道的道瓮高速路、连接重庆长江经济圈的道安高速路。使省会城市贵阳到道真、长江经济圈重庆到道真的距离大大缩短；建制村修建的柏油路并纳入了统一管理、养护，开通了客运车辆。这些内联外通、循环成网的省、县、乡道，不仅甚是壮观，而且极大地畅通了故乡的人流、物流，使故乡的水果、蔬菜等特色产品得以及时投放市场。当地经济收入像芝麻开花，贫困人口大幅减少，至2016年底，全县贫困人口从2002年的10.34万人减少至2.37万人。

——山川，像一幅幅壮美画卷醉美了故乡大地。绿水青山就是金山银山，故乡人深知这一硬道理。早在20世纪80年代末，这里就一边通过退耕还林恢复植被，一边以招商引资方式开发绿色产业，绿化荒山秃岭。时年，《贵州日报》以"租购你半壁江山如何"为题对故乡保护山川的做法予以了报道，充分肯定了故乡人等不起、慢不得的超前思路和勇于创新驱动的胆气。经过30多年的不懈努力、砥砺奋进，昔日的荒山秃岭重新披上了绿装。水电资源得到了极大的开发和利用，使故乡人喝上了安全水，用上放心电。那些依山而建的民族文化园、中国傩城以及风景旅游度假区等，像一颗颗珠宝玉石镶嵌在故乡的绿色大地。

——文化遗产，像一颗灿烂的明珠闪耀在故乡大地。保护和传承世界非物质文化遗产，故乡人深知这是文化促发展的需要。20世纪60年代，由于受"破四旧立四新"的影响，傩戏濒临失传，故乡人及时地予以了抢救性的保护和开发，使傩戏得以保留和传承。今天，世界的傩戏在中国，中国的傩戏在贵州，贵州的傩戏在道真。中国傩城的建立，不仅让全世界分享了傩戏文化的成果，而且还吸引了大量的游客到傩城观光旅游，既带动了当地的旅游产业，又促进了当地的经济发展。

——百姓，像捧着蜜罐生活在故乡大地。奔小康，不让一个人掉队是故乡人庄严的承诺。贫困户高国权，由于自幼驼背，外出打工找不到合适的工作，妻子又不辞而别，自己独自一人与老母亲相依为命，日子过得十分艰难。2017年初，高国权在农行"惠农贷"的扶持下，通过入股蔬菜专业合作社，承包40亩土地种植辣椒，目前已卖出了4万多斤，收入6万多元。预计全部卖出后能收入7万到8万元。他兴奋地逢人便说：党的政策好，今年就脱贫了。为了让全县老百姓尽快过上小康生活，他们通过引进客商，以"客商+基地+订单+农户+集体经济"模式，发展蔬菜产业，形成农产品与超市对接、个人与集体融合，实现了同发展共富裕。截至目前，利民蔬菜专业合作社已向本地县城及重庆的各大超市供应花椰菜、党参、白菜、辣椒等300余吨，销售总金额达60多万元，带动农户增收25万多元。

发表于2017年《教育》第11期、《贵州宣传》第24期

阳台上的微型花园

我家阳台上，有一个由 20 余种花草、植物组成的微型花园。花草主要有君子兰、水仙花等 10 余种；树木的主要种类有法国杉、红豆杉等 10 余种。

清晨，在这阳台上的微型花园里看朝阳冉冉升起，十分赏心悦目。

君子兰是一种气质高雅的名贵花卉，能美化居室、陶冶情操、净化空气、增进健康。从形态看，侧看一条线，正看如开扇，有的像孔雀开屏，有的像鲲鹏展翅，让人百看不厌，可与名画比美，与艺术品竞辉。其叶面有明显的绿、黄、白等条纹，且色彩分明，有立体感、清爽感，具有极高的观赏价值。

法国杉系法国优质树种，喜生长于深厚肥沃、排水良好的沙质土壤。它枝条柔韧，抗雪压及冰挂。可连续生长数百年，长成参天大树。其树木纹理顺直，耐腐防虫，被广泛用于建筑、船舶、家具和工艺制品等。此外，其树皮有净化海水、减少海水污染的作用，有利于保护环境。

红豆杉是远古遗留下来的古老树种，能吸收室内的甲醛、二氧化碳等，被称为不带电的空气净化器。提取它的液体制成的红豆杉酒，口感舒适，醇和浓郁，具有健胃、降血糖等强身健体的功效。

……

有了这个微型花园，不仅丰富了知识面，更增添了责任感、享受了自然美。

花园里的花草植物，虽然数量不多，但其种类达 20 余种，每一种都有它不同的生长习性，需要以不同的方式，采取不同的方法予以培育、呵护，才能按时绽放绚丽的花朵，常年保持郁郁葱葱。如君子兰，由于它的叶片长大、肥厚，水分蒸发快，需要较多的水分供应，但不同的季节，君子兰因处于不同的生长发育阶段，需要的水量也不同。夏季气温高，一般 3~5 天浇水一次较为适宜，且水量不能过大，浸透度 1/3 即可。水仙花则需要充足的光照，白天要放在向阳处，晚间放在灯光下并将盆内的水倒掉，以控制叶片徒长，次日晨再加入清水。水仙花水养时每日换一次水，以后每 2~3 天换一次，花苞形成后，每周换一次。水仙花在 10 摄氏度~15 摄氏度环境下生长比较适宜，约 45 天即可开花，花期可保持月余。法国杉则完全相反，因其喜好在排水性能较好的沙质土壤里生长，浇灌水分也在 15 天左右一次为好，冬天则更长，20~30 天均可……这些，都得从书本学习或向经验丰富者请教。

这些花园里的花草植物，既然你种植了它，就得对它的生长予以关心，对其生命负起责任。出门时看看它们有没有"喝水"的渴望，回家时瞧瞧它们的生命力是否旺盛。尤其是长时间外出时，还得要专门请人为其按时浇水，且要交待清楚浇灌的水量和浇灌的时间等。清晨是这些花草植物吸收水分的最佳时段，所以，必须在清晨浇灌才有利于吸收，使其健康成长。切记不能在中午高温时段浇水，因中午温度高，此时浇水会使盆土温度骤然下降，进而造成根系吸水能力也下降，导致叶片降温所需的体内水分不能正常供给，使植株产生"生理干旱"。如同病人需戒酒时反而喝了烈性酒，会雪上加霜，使其枯萎、烂根，直至死去。按时浇灌、细心呵护是你责任心的体现，也是使其按时绽放花朵、四季常绿的前提条件。

有了这个微型花园，便可足不出户就能欣赏到以前公园里才能看到的绚丽的鲜花，山间峡谷才有的植物。春天，在鲜花烂漫的季节，看君子兰、水仙花从吐蕊到花繁，从鹅黄色、微黄色到火黄色的转变过程；赏花的绚烂，闻花的浓香，让人心旷神怡；秋冬季节，瞧它们默默无闻，与世无争，养精蓄锐，顿生感佩之情。那些植物呢，春来时，先是吐出嫩绿色，叶片极小，慢慢长成大叶片、粗叶片，进而转变成橄榄绿、深墨绿，常年无怨无悔地郁郁葱葱。

阳台，装有玻璃门，启闭随意。春天，这些花草植物需要春风暖阳时，开启玻璃门，阳光洒满花园，植物能充分享受春天的美好。秋冬季，适时关闭玻璃门，把严寒拒之园外，温暖留在花间，使花免受寒冷之苦、落叶换梗之累。

多年来，我针对其生长习性，细心地关注、培育、呵护它们，得以在这微型花园里，享受了自然美，也常常在这花园里联想起战场上战友们相互掩护、生死与共的战友情；联想起那些被授予荣誉奖章的优秀法官、干警；联想起企业大家庭的团结，感悟到呵护、责任、回报的深刻道理：和谐，源于互尊互敬；活力，源于正向激励！

发表于 2018 年《家庭教育报·创新教育》第 5 期

看望肖老师

看望肖老师，是我们几个同学一直以来的愿望了。

由贵阳市二桥沿鹿冲街向前 500 米左右，再往左前方 200 来米，就是肖老师居住的 4 层单栋别墅楼了。听说我们去看他，他很高兴，早早地就在楼下等候了。

那天，他身穿一件洁白的衬衣，恰好与头上的银发相衬相融，远远望去像一束耀眼的白色光柱。虽然我们都一眼就认出他来了，但他与我们记忆里 30 多年前的形象相差很大。

他是我们读高中时的班主任老师，教数学。常穿一件深蓝色中山装，习惯两手相扣合于背后，走路不疾不徐，语言温和、文明，从不大声、粗鲁地批评学生，有女性和蔼、善良的特性。在同学中有"肖老妈"的雅号。

没等我们下车站稳，他就主动上前与我们一一握手，热情地把我们迎进小楼。

别后 30 多年了，我们几个同学大都年逾花甲，没想到 81 岁高龄的他，还如此健壮、硬朗。一位姓万的女同学直言不讳：肖老师，你吃些什么东西哟？腰和背都比以前还直，好像时光在你身上倒流呢。顿时，满屋笑声四溢。

其实，肖老师不仅身体健壮，心胸、思想都更加宽广、活跃。虽然从学校、教师的岗位上退休了，但从教书育人这个百年大计上始终未退。他从目前学校教育和国家高考的现状以及学生越来越沉重的学习负担的现实出发，对学校如何培养、教育出优秀的中国青年深感忧虑。他多次通过对周边小学、中学和大学教材的了解，提出了学校教育要循序渐进的理念，认为只有这样才能使让学生听得懂、记得牢、用得活，使学生拥有灵活的思维方式、勇敢的创新精神……

肖老师的小楼房坐落在一座四季常青的大山脚下，山上灌木林立，草木丛生，常年苍翠欲滴，抬头望去，层峦叠嶂、巍峨挺拔，恰如肖老师宽广的胸怀和健康的体魄。

30多年后的师生相聚，肖老师十分兴奋，谈吐时口若悬河，那些记忆深处的人和事，像打开闸门的洪水喷薄而出。

当年学校是废旧的钢铁厂改建的，十分简陋；封老师的书法刚劲有力，自成一体；贺老师的语文课生动活泼；高年级学生因小事而打低年级学生，太霸道……

是啊，30多年了，那些往事还历历在目，我们深为他清晰的思路、得体的谈吐和对未来教育的关心感到钦佩。

如今，少年强则中国强。可见学校教育责任重于泰山！

别让更多的"肖老师"退而不休！

发表于 2017 年《科学导报》第 18 期

桥

桥，司空见惯。独木桥、石拱桥、钢筋水泥桥、钢架桥、浮桥等等，见过、走过无数。但自从远距离、近距离、零距离观看了举世瞩目的港珠澳大桥，忽然觉得桥并非仅仅能连接山川、河谷、海洋，变天堑为通途，它还能承载幸福。

小时候，常听大人们嘴里说：过得桥进来的是我们的福气，过得桥出去的是我们的希望。其实，指的就是故乡那座石拱桥，因其与故乡人民的幸福生活联系紧密，故成为故乡人心目中的"幸福桥"。据资料记载，该桥建于20世纪三四十年代。那年，解放军解放家乡时，国民党的残余部队在桥的一方凭借桥头堡负隅顽抗，战斗十分激烈，直到有两名战士光荣牺牲才消灭了顽抗之敌，让故乡人过上了新生活。后来，一个个故乡人民的优秀儿女通过那座桥走出去，扩大视野、拓展思路，追求自我发展，又不断影响、推动、反哺故乡，使故乡这个边远、贫穷、落后的山乡得到不断的发展进步，走上幸福生活的康庄大道。

南斯拉夫电影《桥》里，1944年，第二次世界大战接近尾声时，南斯拉夫人民为了粉碎德国法西斯侵略者企图从该国撤退的计划，以实现全歼德国侵略者的目的，命令游击队前去炸毁那座德军撤退必经的桥梁。因其双方深知该桥的战略地位与作用，围绕桥，展开了一场激烈战斗。该桥又高又险，是一位名叫拉扎莱·亚乌克维奇的设计者设计建造的，这是他一生中最得意的"作品"。为了反击法西斯侵略，配合游击队完成炸桥任务，他强忍刀绞般的心痛，将这座桥的最薄弱部分告诉给了参与行动的南斯拉夫游击队员，使得炸桥行动得以成功。而原型塔拉河峡谷大桥是一座钢筋混凝土大桥，全长 365 米，主桥拱 114 米，横跨塔拉河两岸，距河面高度 172 米，有 5 个拱。远看，像一条坚实的钢筋铁索把峡谷两岸翠绿的群山紧紧牵连在一起。近看，像一个初生的婴儿静卧在大地母亲的怀抱。它建成于 1940 年，1942 年被南斯拉夫游击队炸毁。它为反法西斯战争的胜利献出了仅有两岁多年轻而美丽的"生命"，它短暂而辉煌的生命历程，被永远铭刻在全世界反法西斯战争人民的心中。

前不久正式通车的港珠澳大桥，全长为 55 公里。2009年 12 月正式开工建设；2018 年 10 月正式通车。设计时速为100 公里。它跨越伶仃洋，东接香港，西接珠海和澳门，是世界上最长的跨海大桥，堪称"世纪工程"。它的建成通车将香港到珠海的车程由 3 个多小时缩短到半小时。它不仅对香港、澳门、珠海三地的社会经济发展有深远意义，同时还创造了多个世界之最：海底隧道最长。全长 5664 米，由 33节钢筋混凝土结构的沉管对接而成，是世界上最长的海底沉管隧道。海水排量最大。沉管隧道浮在水中的时候，每一节的排水量约 75000 吨，而辽宁号航母满载时的排水量也只有67500 吨。海底沉管最重。沉管预制由工厂标准化生产，使用钢筋量相当于埃菲尔铁塔。在这沉管下面，是预先安装好的 256 个液压千斤顶。气候预报最准。海上的气候条件很大程度上决定了沉管浮运和对接的成败。工程方一年多前就与国家海洋局海洋环境预报中心合作，每天坚持做高精准、小区域的海洋气候预报，花费达 3000 多万元，只为每个沉管寻找两三天的作业时间。碎石基床最平。沉管隧道安装前，要在 40 米深的海底铺设一条 42 米宽、30 厘米厚的碎石基床，该基床平整度误差必须控制在 4 厘米以内，沉管隧道才能得以安装。对接误差最小。海底有多种环境介质影响到沉管在海平面以下 13 米至 44 米水深处的无人对接，为确保对接误差不超过 2 厘米，对接进行了 33 次，耗时 3 年，连接处橡胶止水带可用 120 年。此外，大桥上还设计建造了白海豚观赏区和海上观景平台。大桥能抵御 8 级地震和 16 级台风的侵袭，使用寿命将达到 120 年。是一座集旅游观光和交通运输于一体的特大型跨海大桥。

港珠澳大桥是中华民族在"一国两制"框架下合作建设的大型跨海交通工程，也是世界上最长的跨海大桥工程。它的建成通车不仅可以减省陆路客运和货运的成本和时间，进一步提升港珠澳三地贸易和物流枢纽的地位，促进旅游和商贸繁荣。它更是祖国日益强盛的象征！

发表于 2019 年《知识—力量》6 月刊

后 记

路，是人走出来的。每个人走的路又各有不同。或曲或直，或险或坦，其痕迹也是或明或暗，或深或浅。

我的路和痕，险滩与坦途交错，苦难与幸福相融，其经历酸甜苦辣兼备，让人回味甘甜。

小时候，中华人民共和国刚刚诞生不久，广袤大地积贫积弱，虽没有如今的条件，却留下许许多多的童年趣事。天真地到小河沟的小水塘捉团鱼，在别人家的红白喜事中混饭吃、用自制的弹弓弹击斑鸠等等。长大后受父亲的影响，我在战争时期踏入军队行列，来到时时有战斗、处处有危险的边防线上枕戈待旦。那些生死交错的经历也成为宝贵的精神财富。再后来，又幸福地来到农行这个和谐、温馨的大家庭，为农行大厦添砖加瓦，奉献余热。

回眸这些往事，感受颇多，感悟颇多。

编辑这本文集，意在感谢养育过我的父母、教导过我的党、支持过我的亲人、关爱过我的领导和同事！

衷心祝愿伟大祖国日益强盛！愿我们的生活更加美好！